U0063719

中國新文學的源流

周作人——著

中國新文學的源流

作　　　者： 周作人

責任編輯： 黃振威

裝幀設計： 鄔賜男

出　　　版： 商務印書館（香港）有限公司

香港筲箕灣耀興道 3 號東匯廣場 8 樓

http://www.commercialpress.com.hk

發　　　行： 香港聯合書刊物流有限公司

香港新界荃灣德士古道 220-248 號荃灣工業中心 16 樓

印　　　刷： 中華商務彩色印刷有限公司

香港新界大埔汀麗路 36 號中華商務印刷大廈

版　　　次： 2022 年 2 月第 1 版第 1 次印刷

© 2022 商務印書館（香港）有限公司

ISBN 978 962 07 4628 4

Printed in Hong Kong

周作人（1885-1967）

目錄

學術大師的流芳餘澤
── 寫在《常新文叢》出版之際

　　學術的討論和研究，既有破舊立新，又有推陳出新，亦有歷久常新。在這當中，有些名著，經得起時間的考驗，成為了可超而不可越的地標，值得時時重溫，常常披閱；每讀一次，除對相關課題有進一步認識外，更能有所啟發，引導新研究，創造新見解。

　　有見及此，本館特創設《常新文叢》書系，取「常讀常新」之義，精選過往的重要著作，配以當代專家學者所撰寫的導言，期望從各方面呈現上世紀中外傑出學人豐碩的研究成果，讓廣大讀者親炙大師之教，既能近觀，亦能直視。

　　是為序。

出版說明

　　本書是中國近代著名文學家周作人（1885-1967）有關中國新文學源流的演講錄。作者是一代散文大家，學貫中西，對中外各體文學有透徹的認識。此書厚積薄發，從中處處可見作者的精闢見解。現重新整理、標點出版，除統一用字、校正別字外，其他則一仍其舊。另外，在原附錄部分增收了四篇演講稿，以便讀者對周作人的文學觀有更深入的了解。惟個別文章在抗戰時期發表，觀點受當時環境所影響。這一點，還請讀者注意。

商務印書館編輯部　謹識

導讀

黃自鴻

1932年，周作人應沈兼士（1887-1947）之邀，於北平輔仁大學作了一系列演講，後來成為宋史權威的鄧廣銘（1907-1998）記錄和整理了演講的內容。周作人非常欣賞鄧廣銘的整理工作，同意交給出版社印行。

本書第一講討論文學的定義和文學研究的範圍。周作人開宗明義，指出文學就是「用美妙的形式，將作者獨特的思想和感情傳達出來，使看的人能因而得到愉快的一種東西」，並認為對文學的閱讀和研究，不能局限於純文學的範圍，而應擴大到由民間創作的原始文學和由低級文人創作的通俗文學。周作人又以宗教和文學兩者的比較，指出宗教儀式具有目的，文學卻只有感情而無目的。他進而引申，文學只是作者為了表達自己的思想感情而創作出來的，在本質上是無用的東西。

由第二講開始，周作人提出了他的文學史觀，認為中國文學主要由「言志」和「載道」兩種潮流交替而成。前者即着重作者思想感情的「詩言志」傳統；後者視文學為工具，主張「文以載道」的作用。他將新文學運動的源流上溯到明代公安、竟陵兩派，相信他們的文學主張、趨勢和創作，與新文學運動非常相近。在第三、四講中，周作人將清代八股文和桐城派古文看作為公安、竟陵以來文學運動的反動，清代的八股文注重形式，目的在於發揚聖賢之道；在周作人眼中，桐城派古文家不但是文人也是道學家，他們主張文章須有關聖道，因此也屬於「載道」一類的文學潮流。

　　最後一講由清末文學的變革開始，論述八股文開始衰落、桐城派的變化以至民間小說持續發展的大概，並特別指出梁啟超（1873-1929）對文學革命的貢獻。周作人強調「言志」與白話的關係，因為只有用最直接和貼近時代的語言，才可以毫無拘束地抒發作者的感情。

　　在這本篇幅不大的講稿中，周作人提出了許多

值得我們關注的文學觀點。他注意到原始文學和通俗文學的重要性，也提出文學的本質就是「使讀者感到愉快」。其中，周作人最受學者和批評家關注的看法，即在於「言志」與「載道」的分別，指出前者為「即興的文學」，後者為「賦得的文學」。在中國文學批評史的角度，「言志」與「載道」其實沒有太大差異，朱自清（1898-1948）就對周作人的二分法表示懷疑，並指出「言志」與「緣情」二分才是較合理的說法。因為認識到「言志」與「載道」的二分容易造成混淆，周作人在《中國新文學大系・散文一集》中回顧《中國新文學的源流》的說法，更清楚解釋上述兩者：「言志派的文學可以換一名稱，叫做即興的文學，載道派的文學也可以換一名稱，叫做賦得的文學。［……］『言他人之志即是載道，載自己的道亦是言志。』」[1]他進而說明公安派與新文學

1　朱自清，《詩言志辨》（上海：開明書店，1947）；周作人，〈導言〉，《中國新文學大系・散文一集》（香港：香港文學研究社，1972），頁10-11；王波，〈作為事件的《中國新文學的源流》──關於言志、公安派、小品文的論爭〉，《重慶大學學報》（社會科學版）2021年6期，頁126-128。

都具有「即興」的元素，不過這是趨勢的偶然相合；公安派與新文學在思想和背景上情形不同，因此兩者並沒有模擬與影響的關係存在。[2]

在第四講最後，周作人將「載道」的文學，包括八股文和桐城派古文，看作是「遵命文學」；與之相反的文學家，則主要有公安派作家和胡適（1891-1962）等人。因此，周作人對新文學源流的解釋，與他對文學的定義一以貫之。學者指出，周作人認為文學並無甚麼目的，反對將文學當作是某種工具。所謂「載道的文學」，其實指當時左翼作家的文學主張。[3]

無論如何，本書可說是一種富有創見的文學史著作，也是周作人文學思想的精要表述，值得讀者細閱。

2　周作人，〈導言〉，頁11。

3　顧農，〈關於《中國新文學的源流》〉，《新文學史料》2015年3期，頁179。

小引

本年三、四月間沈兼士先生來，叫我到輔仁大學去講演。說話本來非我所長，況且又是學術講演的性質，更使我覺得為難。但是沈先生是我十多年的老朋友，實在也不好推辭，所以硬起頭皮去講了幾次。所講的題目從頭就沒有定好，彷彿只是甚麼關於新文學的甚麼之類，既未編講義，也沒有寫出綱領來，只信口開河地說下去就完了。到了講完之後，鄧恭三[1]先生卻拿了一本筆記的草稿來，叫我校閱。這頗出於我的意料之外，再看所記錄的不但絕少錯誤，而且反把我所亂說的話整理得略有次序，這尤其使我佩服。同時北平有一家書店願意印行這本小冊，和鄧先生接洽，我便贊成他們的意思。心想一不做二不休，索性印了出來也好。就勸鄧先生這樣辦了。

我想印了出來也好的理由，是很簡單的，大約

1　編者按，鄧恭三即宋史名家鄧廣銘。

就是這幾點。其一，鄧先生既然記錄了下來，又記得很好，這個工作埋沒了也可惜。其二，恰巧有書店願印，也是個機緣。其三，我自己說過就忘了，藉此可以留個底稿。其四，有了印本，我可以分給朋友們看看。這些都有點兒近於自私自利，如其要說得冠冕一點，似乎應該再加上一句：「公之於世，就正大雅。」不過我覺得不敢這樣說，我本不是研究中國文學史的，這只是臨時隨便說的閒話。意見的謬誤不必說了，就是敍述上不完不備、草率籠統的地方也到處皆是，當作談天的資料，對朋友們談談也還不妨，若是算它是學術論文那樣去辦，那實是不敢當的。萬一有學者看重我，定要那樣地鞭策我，我自然也硬着頭皮忍受，不敢求饒，但總之我想印了出來也好的理由，是如上述的那麼簡單，所可說的只有這四點罷了。

末了，我想順便聲明，這講演裏的主意大抵是我杜撰的。我說杜撰，並不是說新發明，想註冊專利，我只是說無所根據而已。我的意見並非依據西洋某人的論文，或是遵照東洋某人的書本，演繹應

用來的。那麼是周公、孔聖人夢中傳授的嗎？也未必然。公安派的文學歷史觀念確是我所佩服的，不過我的杜撰意見在未讀三袁文集的時候已經有了，而且根本上也不盡同。因為我所說的是文學上的主義或態度，他們所說的多是文體的問題。這樣說來，似乎事情非常神秘，彷彿在我的杜園瓜菜內覓出了甚麼嘉禾瑞草，有了不得的樣子。我想這當然是不會有的。假如要追尋下去，這到底是哪裏的來源，那麼我只得實說出來：這是從說書來的。他們說三國甚麼時候，必定首先喝道：「且說天下大勢，合久必分，分久必合。」我覺得這是一句很精的格言。我從這上邊建設起我的議論來，說沒有根基也是沒有根基，若說是有，那也就很有根基的了。

中華民國二十一年七月二十六日，周作人記於北平西北城。

第一講
關於文學之諸問題

現在所定的講題是「中國的新文學運動」，是想在這題目之下，對於中國新文學運動的源流、經過，和它的意義，據自己所知道所見到的，加以說明。但為了說明的方便，對於和這題目有關的別的問題，還須先行說明一下。

文學是甚麼？

關於文學是甚麼的問題，至今還沒有一定的解答。這本是一個屬於文學概論範圍內的題目，應當向研究文學的專門家去問。無奈專門家至今也並沒有定論。試翻開文學概論一類的書籍看，彼此所下的定義各不相同。本來這也是一很困難的事。有一位英國人曾作過一篇文章，裏面大體的意思是說：在各種學問裏面，有些是可以找出一定的是非來的，有些則不能。譬如化學上原子的數目，絕不能同時有兩個，有兩個則必有一對一錯。假如有人發見了一種新原子，別人也斷不能加以否認。生物學上的進化論也是如此，既然進化論是對的，一切和進化論相反對的學說便都是錯的。另外如哲學、宗

教等等，則找不出這樣絕對的是與非來。自古代的希臘到現在，自亞力士多德的哲學，以至詹姆斯和杜威的實驗哲學，派別很多很多，其中誰是誰非，是沒有法子斷定的，到了宗教問題尤甚。這是一種所謂「不可知論」。我覺得文學這東西也應是這種不可知的學問之一種，因而下定義便很難。現在，我想將我自己的意見說出來，聊供大家的參考。因為對於文學的理論，自己不曾作過專門的研究，其中定不免有許多可笑的地方。大家可向各種文學概論書籍裏面去找，如能找到更好的說法那便最好了。

在我的意見 —— 其實也是很籠統的 —— 以為：

「文學是用美妙的形式，將作者獨特的思想和感情傳達出來，使看的人能因而得到愉快的一種東西。」

這樣說，自然毛病也很多。第一句失之於太籠統；第二句是人云亦云，大概沒有甚麼毛病；第三句裏面的「愉快」二字，則必會有人以為最不妥當。不過，在我的意思中，這「愉快」的範圍是很廣的。當我們讀過一篇描寫「光明」、描寫「快樂」的文字

之後，自然能得到「愉快」的感覺；讀過描寫「黑暗」、描寫「悽慘」的作品之後，所生的感情也同樣可以解作「愉快」——這「愉快」是有些爽快的意思在內。正如我們身上生了瘡，用刀割過之後，疼是免不了的，然而卻覺得痛快。這意思金聖嘆也曾說過。他說生了瘡時，關了門自己用熱水燙洗一下，「不亦快哉」。這也便是我的所謂「愉快」。當然，這「愉快」不是指哈哈一笑而言。

實際說來，愉快和痛苦之間，相去是並不很遠的。在我們的皮膚作癢的時候，我們用手去搔那癢處，這時候是覺得愉快的，但用力稍過，便常將皮膚抓破，便又不免覺得痛苦了。在文學方面，情形也正相同。

一位法國詩人，他所作的詩都很難懂。按他的意見，讀詩是和兒童猜謎差不多，當初不能全懂，只能了解十分之三、四，再由這十分之三、四加以推廣補充，得到彷彿創作的愉快。以後了解的愈多，所得的愉快也愈多。正如對兒童打一謎語說：「蹺蹊實蹺蹊，坐着還比立着高」，在兒童們乍聽時當然

不懂，然而好奇心使得他們高興，等後來再告訴他們說這是一個活的東西，如此便可以悟得出是一隻狗，也便因而感到更多的愉快了。

文學的範圍

近來大家都有一種共通的毛病，就是：無論在學校裏所研究的，或是個人所閱讀的，或是在文學史上所注意到的，大半都是偏於極狹義的文學方面，即所謂「純文學」。在我覺得文學的全部好像是一座山的樣子，可以將它畫作山似的一種圖式：

我們現在所偏重的純粹文學，只是在這山頂上的一小部分。實則文學和政治、經濟一樣，是整個文化的一部分，是一層層累積起來的。我們必須拿

它當作文化的一種去研究，必須注意到它的全體，只是山頂上一部分是不夠用的。

圖裏邊的原始文學是指由民間自己創作出來，供他們自己歌詠欣賞的一部分而言，如山歌、民謠之類全是。這種東西所用的都是文學上最低級的形式，然而卻是後來詩歌的本源。現在，一般研究中國文學或編著中國文學史的，多半是從《詩經》開始，但民間的歌謠是遠在《詩經》之前便已產生了。拋開了這一部分而不加注意，則對於文學的來源便將無法說明。

通俗文學是比較原始文學進步一點的。它是受了純文學的影響，由低級的文人寫出來，裏邊羼雜了很多官僚和士大夫的升官發財的思想進去的。《三國演義》、《水滸》、《七俠五義》以及大鼓書、曲本之類都是。現在的報紙上也還每天一段段的登載這種東西。它所給予中國社會的影響最大。記得有一位英國學者，曾到希臘去過，回來後他向人說，希臘民間的風俗習慣，還都十分鄙陋。據他看來，在希臘是和不曾生過蘇格拉底、亞力士多德諸人一

樣。他們的哲學只有一般研究學問的人們知道，對於一般國民是沒有任何影響的。在中國情形也是這樣。影響中國社會的力量最大的，不是孔子和老子，不是純粹文學，而是道教（不是老莊的道家）和通俗文學。因此，要研究中國文學，更不能置通俗文學於不顧。

所以，照我的意見，今後大家研究文學，應將文學的範圍擴大，不要僅僅注意到最高級的一部分，而要注意到它的全體。

研究的對象

研究文學有兩條道路可走：

（1）科學的：（A）文學、（B）文學史

（2）藝術的：（A）創作、（B）賞鑑

第一種是科學的研究法，是應用心理學或歷史等對文學加以剖析的。譬如對於文學的結構，要研究究竟怎麼樣排列才可以使人更受感動，這便是應用心理學的研究法。日本帝國大學教授夏目漱石的《文學論》，現已有人譯出了，這本書即是用這樣的

方法去研究文學的。至於文學史則是以時代的先後為序而研究文學的演變或研究某作家及其作品的。不過，我以為文學史的研究在現今那樣辦法，即是孤立的、隔離的研究，多少有些不合適。既然文學史所研究的為各時代的文學情況，那便和社會進化史、政治經濟思想史等同為文化史的一部分，因而這課程便應以治歷史的態度去研究。一來於某作家的歷史的研究，那便是研究某作家的傳記，更是歷史方面的事情了。這樣地治文學的，實在是一個歷史家或社會學家，總之是一個科學家是無疑的了。

第二條路子是藝術的，即由我們自己拿文學當作一件藝術品而去創作它，或作為一件藝術品而對它加以賞鑑。

要創作，天才是必要的條件。我們愛好文學，高興時也可以自己去寫一點，無論是詩歌、散文、或是小說。但如覺得自己沒有能寫得好的才能，即可拋開，這不是可以勉強的事。在學校上課，別的知識技能都可從課堂上學得，惟有創作的才能學不來。按道理講，在藝術學校裏邊應該添設文學一科，

將如何去創作文學的事正式地加以研究指導，但這實在困難。學作畫學過四年之後，提筆便可以作出一幅畫子，學文學的創作卻不能有如此的成績。有很多的大作家，都不是因為學習創作而成功的。而且，說也奇怪，好像醫學和工學對文學更有特別的幫助一樣，很多文學家起始都是學醫或學工程的。契訶夫（Anton P.Chekhov）是學醫的、湯姆斯・哈代（Thomas Hardy）是學工的。中國的郭沫若是學醫的、成仿吾是學工的。此外，這樣的例子還很多。大家也最好不要以創作為專門的事業，應該於創作之外，另有技能，另有職業，這樣對文學將更有好處。在很早以前，章太炎先生便作這樣的主張。他總是勸人不要依賴學問吃飯，那時是為了反對滿清。假如專依學問為生，則只有為滿清做官，而那樣則必失去研究學問的自由。到現在我覺得這種主張還可適用。單依文學為謀生之具，這樣的人如加多起來，勢必造成文學的墮落。因為現在的文學作品，也和工藝出品一樣，已經不復是家庭手工業時代，作出東西之後，掛在門口出賣是不成了，必得

由資本家的印刷所去印行才可。在這種情形之下，如專依賣文糊口，則一想創作，先須想到這作品的銷路、想到出版者歡迎與否、社會上歡迎與否，更須有官廳方面的禁止與否，和其他種種的顧慮，如是便一定會生出文學的不振作的現象來。一位日本的普羅文學者的領袖，他作過一本《日本普羅文學運動史》，在裏邊他也說出了同樣的意見。因為日本的普羅作家，大半都須出賣稿子於資產階級的出版家以維持生活。如是，他把最用心的作品，賣給那利用普羅文學以漁利的資本主義的雜誌社、書店，更沒有力量為自己的雜誌上作出好的文章來。其結果，使一個普羅作家的精力消耗不少，而好的普羅文學卻終於產生不出來。如果另有專業而不這樣的專賴文學為生，則作品的出賣與否沒有關係。在創作的時候，自然也就可以免去許多顧慮了。

賞鑑文學，是人人都可以作得到的，並無需乎天才。看見一幅圖畫，假如那圖畫畫得很好，各種顏色配合適度，即在不曾作畫的人看來，是也會覺得悅目的。對於文學作品亦復如此。無論作甚麼事

情的人，都同樣有欣賞文學的能力。現在研究學問的人，似乎將各種學問分隔得太遠了，學文學的每易對科學疏淡，而學科學的則又以為文學書籍只有文科的人才應讀。其實是不然的。於此，我要說一說我是怎樣和文學發生了關係的。這是我自己走過的道路，說起來覺得切實一點，對大家也許還有些用處。正如走路，要向人說明到某處怎樣走法，單是說明路程的方向是不夠的，必須親自走過，知道那路上的各種具體的標識，然後說出來於人才有些幫助。

我本是學海軍的，對文學本很少接近的機會，後來，因為熱心於民族革命的問題而去聽章太炎先生講學。那時候章先生正鼓吹排滿，他講學也是為此。後來又因留心民族革命文學，便得到和弱小民族的文學接近的機緣。各種作品，如芬蘭、波蘭、猶太、印度等國的，有些是描寫國內的腐敗的情形，有些是描寫亡國的慘痛的。當時讀起來很受到許多影響，因而也很高興讀。後來，不僅對這些弱小國家的發生興趣，對於強大國家的作品，也很想看

一看究竟是甚麼樣子。於是，慢慢就將範圍擴大開來了。

只要有機緣有興趣，學海軍的人，對於文學作品也能夠閱讀賞鑑。從事於別種職業的人，自然更沒有不能夠的。

研究文學的預備知識

所謂預備知識者，也可以說就是指高級中學內的各種功課而言。我時常聽到一般青年朋友說，他是愛好文學的，科學對他沒有用處，尤其是數學，格外使人討厭，將來既是要研究文學，自然可以不必去學這些東西。這實是一種不好的現象，對於訓練思想說，科學，連數學在內，是有很大的用處的。現在，要從高中的普通課程中，提出和文學的關係比較密切的幾種，向大家一說：

一、文字學。這是不消說的，研究文學的人，當然先須懂得文字。現在國文系裏也都有這種科目，不再多說。

二、生物學。有人曾問我，人生究竟是怎麼一

回事，我回答說我也說不出，如必欲要我回答這問題，那麼，最好你去研究生物學。生物學說明了生物的生活情形，人也是生物之一，人生的根本原則便可從這裏去看出來了。文學，和生物學一樣，是以人生為對象的東西。所以，這兩者的關係特別密切，而研究文學的人，自然也就應當去研究一下生物學了。

三、歷史。歷史所記載的是人類過去生活的經驗，是現在人類生活的根據。比如文學史，是以前人生行為的表現，在文學上所能看得出的。其他講政治、經濟之變遷的，也都有研究的必要，有如人的耳、目、口、鼻，每部分都各有其作用。幾年前，郭沫若就主張詩人必須懂得人類學 —— 即社會學，亦即我所說的歷史，不過我所說的歷史的範圍是比較廣些。當時很有人以為郭先生的主張奇怪，何以詩人必須懂人類學呢？其實這是很容易知道的：人類學是研究人類形體、精神兩方面的學問，對於研究文學的人，幫助的確很多。

近來治文學的人，也有應用歷史方法的了，然

而有時又過於機械。近中在某雜誌上見到一篇文章，說隋代的中國文學是商業時代的文學。其實，中國的社會，在隋以前和隋以後，並沒有多少不同，前後都是手工業時代，沒有變化。工業上既沒有變化，怎會有了不同的商業時代呢？這是因為沒有看清中國和西洋近代的不同，說來便與事實不相符合了。

文學的起源

要說明中國的新文學運動，先須有說明的根據，這便是關於文學起源的問題。

從印度和希臘諸國，都可找出文學起源的說明來。現在單就希臘戲劇的發生說一說，由此一端便可知道其他一切。

大家都知道，文學本是宗教的一部分，只因二者的性質不同，所以到後來又從宗教裏分化了出來。宗教和政治組織相同，原為幫助人類去好好地生存的方法之一。如在中國古代的迎春儀式，其最初的目的，就是要將春天迎接了來，以利五穀和牲畜的生長。當時是以為若沒有這種儀式，則冬天怕

將永住不去，而春天也怕永不再來了。在明末劉侗所著《帝京景物略》內，我們可找到對這種儀式很詳細的說明，大體是在立春之前一日，紮些春牛、芒神之類，去將春神迎接了來。在希臘也如是。時候也是在冬、春之交，在迎春的一天，有人化裝為春之神，另外有五十個扮演侍從的人。春之神代表善人，先被惡神所害，造成一段悲劇，後又復活過來，這是用以代表春去而又復來的意思。當時扮演春神的人，都要身披羊皮，其用意大概在表示易於生長。英文中之 "Tragedy"（悲劇）原為希臘文中之 "Tragoidia"，其意義本為羊歌。後來才以此字專作悲劇解釋的。

在化裝迎春的這一天，有很多很多的國民都去參加，其參加的用意，在最初並不是為看熱鬧，而是作為舉行這儀式的一分子而去的。其後一般國民的文化程度漸高，知道無論迎春與否，春天總是每年都要來的。於是，儀式雖還照舊舉行，而參加者的態度卻有了變更，不再是去參加儀式，而是作為旁觀者去看熱鬧了。這時候所演的戲劇不只一齣，

迎春成為最後一幕，主腳也逐漸加多，侍從者從此也變為後場了。更後來將末齣取消，單剩前面的幾齣悲劇。從此，戲劇便從宗教儀式裏脫化出來了。

文學和宗教兩者的性質之不同，是在於其有無「目的」：宗教儀式都是有目的的，文學則沒有。譬如在夏季將要下雨的時候，我們時常因天氣的悶熱而感到煩躁，常是禁不住地喊道：「啊，快下雨吧！」這樣是藝術的態度。道士們求雨則有種種儀式，如以盤鼓表示打雷，揮黑旗表示刮風，灑水表示下雨等等。他們是想用這種儀式以促使雨的下降為目的的。《詩序》上說：

> 情動於中而形於言，言之不足，故嗟嘆之；嗟嘆之不足，故永歌之；永歌之不足，不知手之舞之，足之蹈之也。

我的意見，說來是無異於這幾句話的。文學只有感情沒有目的。若必謂為是有目的的，那麼也單是以「說出」為目的。正如我們在冬天時候談天，常

說道：「今天真冷！」說這話的用意，當然並不是想向對方借錢去做衣服，而只是很單純地說出自己的感覺罷了。

我們當作文學看的書籍，宗教家常要用作勸善的工具。我們讀〈關雎〉一詩，只以為是一首新婚時的好詩罷了，在鄉下的塾師卻以為有天經地義似的道理在內。又如讚美歌在我們桌上是文學，信徒在教堂中唸卻是宗教了。這些，都是文學和宗教的差異之點，設使沒有這種差異，當然也就不會分而為二了。

以後，我便想以此點作為根據，應用這種觀點以說明中國新文學運動的情形和意義，它的前因和它的後果。

文學的用處

從前面我所說的許多話中，大家當可看得出來：文學是無用的東西。因為我們所說的文學，只是以達出作者的思想感情為滿足的，此外再無目的之可言。裏面，沒有多大鼓動的力量，也沒有教訓，

只能令人聊以快意。不過，即這使人聊以快意的一點，也可以算作一種用處的：它能使作者胸懷中的不平因寫出而得以平息。讀者雖得不到甚麼教訓，卻也不是沒有益處。

關於讀者所能得到的益處，可以這樣地加以說明 —— 但這也是希臘的亞力士多德很早就在他的《詩學》內主張過的，便是一種祓除作用。

從前的人們都以《水滸》為誨盜的小說，在我們看來正相反，它不但不誨盜，且還能減少社會上很多的危險。每一個被侮辱和被損害者，都想復仇，但等他看過《水滸》之後，便感到痛快，彷彿氣已出過，彷彿我們所氣恨的人已被梁山泊的英雄打死，因而自己的氣憤也就跟着消了。《紅樓夢》對讀者也能發生同等的作用。

一位現還在世的英國思想家，他以為文學是一種精神上的體操。當我們用功的時候，長時間不作筋肉的活動，則筋肉疲倦，必須再去作些運動，將多餘的力量用掉，然後才覺得舒服。文學的作用也是如此。在未開化或半開化的社會裏，人們的氣憤

容易發洩。在文明社會中，則處處設有警察維持秩序，要起訴則又常因法律證據不足而不能，但此種在社會上發洩不出的憤懣，終須有一地方去發洩。在前，各國每年都有一天特許罵人，凡平常所不敢罵的人，在那天也可向之大罵。罵過之後，則憤氣自平。現在這種習俗已經沒有，但文學的作用卻與此相同。這樣說則真正文學作品沒有不於人有益的，在積極方面沒有用處的，在消極方面卻有用處。幾年前有一位潘君在《幻洲》內曾罵過一般作文章的青年。他的意見是：青年應當將力量蘊蓄起來，等到做起事情來時再使之爆發，若先已藉文學將牢騷發洩出去，則心中已經沒有氣憤，以後如何作得事情。這種說法，在他雖是另有立場，而意見卻不錯。

有人以為文學還另有積極的用處，因為若單如上面所說，只有消極的作用，則文學實為不必要的東西。我說，欲使文學有用也可以，但那樣已是變相的文學了。椅子原是作為座位用的，墨盒原是為寫字用的。然而，以前的議員們豈不是曾在打架時作為武器用過麼？在打架的時候，椅子、墨盒可以

打人，然而打人卻終非椅子和墨盒的真正用處。文學亦然。

文學，彷彿只有在社會上失敗的弱者才需要，對於際遇好的，或沒有不滿足的人們，他們任何時任何事既都能隨心所欲，文學自然沒有必要。而在一般的弱者，在他們的心中感到苦悶，或遇到了人力無能為的生死問題時，則多半用文學把這時的感觸發揮出去。凡在另有積極方法可施，還不至於沒有辦法或不可能時，如政治上的腐敗等，當然可去實際地參加政治改革運動，而不必藉文學發牢騷了。

第二講
中國文學的變遷

上次講到文學最先是混在宗教之內的，後來因為性質不同分化了出來。分出之後，在文學的領域內馬上又有兩種不同的潮流：

（甲）詩言志 —— 言志派

（乙）文以載道 —— 載道派

言志之外所以又生出載道派的原因，是因為文學剛從宗教脫出之後，原來的勢力尚有一部分保存在文學之內，有些人以為單是言志未免太無聊，於是便主張以文學為工具，再藉這工具將另外的更重要的東西 ——「道」，表現出來。

這兩種潮流的起伏，便造成了中國的文學史。我們以這樣的觀點去看中國的新文學運動，自然也比較容易看得清楚。

中國的文學，在過去所走的並不是一條直路，而是像一道彎曲的河流，從甲處流到乙處，又從乙處流到甲處。遇到一次抵抗，其方向即起一次轉變。略如下圖：

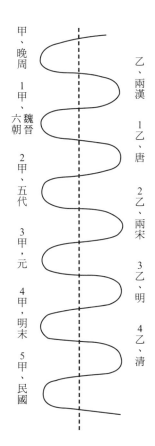

甲、晚周

乙、兩漢

1 甲、六朝 魏晉

1 乙、唐

2 甲、五代

2 乙、兩宋

3 甲、元

3 乙、明

4 甲、明末

4 乙、清

5 甲、民國

　　圖中的虛線是表示文學上的一直的方向的，但這只是可以空想得出來，而實際上並沒有的。

民國以後的新文學運動，有人以為是一件破天荒的事情，胡適之先生在他所著的《白話文學史》中，就以為白話文學是中國文學唯一的目的地，以前的文學也是朝着這個方向走，只因為障礙物太多，直到現在才得走入正軌，而從今以後一定就要這樣走下去。這意見我是不大贊同的。照我看來，中國文學始終是兩種互相反對的力量起伏着。過去如此，將來也總如此。

要說明這次的新文學運動，必須先看看以前的文學是甚麼樣。現在我想從明末的新文學運動說起，看看那時候是甚麼情形，中間怎樣經過了清代的反動，又怎樣對這反動起了反動，而產生了最近這次的文學革命運動。更前的在這裏只能略一提及，希望大家自己去研究，得以引申或訂正我的粗淺的概說。

晚周，由春秋以至戰國時代，正是大紛亂的時候，國家不統一，沒有強有力的政府，社會上更無道德標準之可言，到處只是亂鬧亂殺。因此，文學上也沒有統制的力量去拘束它，人人都得自由講自

己願講的話，各派思想都能自由發展。這樣便造成算是最先的一次詩言志的潮流。

文學方面的興衰，總和政治情形的好壞相反背着的。西漢時候的政治，在中國歷史上總算是比較好些的，然而自董仲舒而後，思想定於一尊，儒家的思想統治了整個的思想界，於是文學也走入了載道的路子。這時候所產生出來的作品，很少作得好的，除了司馬遷等少數人外，幾乎所有的文章全不及晚周，也不及這時期以後的魏晉。

魏時三國鼎立，晉代也只有很少年歲的統一局面，因而這時候的文學，又重新得到解放，所出的書籍都比較有趣一些。而在漢朝已起頭的駢體文，到這時期也更加發達起來。更有趣的是這時候尚清談的特別風氣。後來有很多人以為清談是晉朝的亡國之因，近來胡適之、顧頡剛諸先生已不以為然，我們也覺得政局的糟糕絕不能歸咎於這樣的事情。他們在當時清談些甚麼，我們雖不能知道，但想來是一定很有趣味的事。《世說新語》是可以代表這時候的時代精神的一部書。另外，還有很多的好文章，

如六朝時的《洛陽伽藍記》、《水經注》、《顏氏家訓》等書內都有。《顏氏家訓》本不是文學書，其中的文章卻寫得很好，尤其是顏之推的思想，其明達不但為兩漢人所不及，即使他生在現代，也絕不算落伍的人物，對各方面他都具有很真切的了解，沒一點固執之處。《水經注》是講地理的書，而裏邊的文章也特別好。其他如《六朝文絜》內所有的文章，平心靜氣地講，的確都是很好的。即使叫現代的文人寫，怕也很難寫得那樣好。

　　唐朝和兩漢一樣，社會上較統一，文學隨又走上載道的路子，因而便沒有多少好的作品。這時代的文人，我們可以很武斷地拿韓愈作代表。雖然韓愈號稱「文起八代之衰」，六朝的駢文體雖也的確被他打倒了，但他的文章，即使是最有名的〈盤谷序〉，據我們看來，實在作得不好。僅有的幾篇好些的，是在他忘記了載道的時候偶爾寫出的，當然不是他的代表作品。

　　自從韓愈好在文章裏面講道統而後，講道統的風氣遂成為載道派永遠去不掉的老毛病。「文以載

道」的口號，雖則是到宋人才提出來的，但那只是承接着韓愈的系統而已。

詩是唐朝新起的東西，詩的體裁也在唐時加多起來，如七言詩、絕句、律詩等都是。但這只是由於當時考詩的緣故。因考詩所以作詩的加多，作品多了自然就有很多的好詩。然而這情形終於和六朝時候的創作情形是不相同的。

唐以後，五代至宋初，通是走着詩言志的道路。詞，雖是和樂府的關係很大，但總是這時期新興的一種東西。在宋初好像還很大膽地走着這條言志的路，到了政局穩定之後，大的潮流便又轉入於載道方面。陸放翁、黃山谷、蘇東坡諸人對這潮流也不能抵抗。他們所寫下的，凡是我們所認為有文學價值的，通是他們暗地裏隨便一寫認為好玩的東西。蘇東坡總算是宋朝的大作家，胡適之先生很稱許他，明末的公安派對他也捧得特別厲害，但我覺得他絕不是文學運動方面的人物。他的有名，在當時只是因為他反對王安石，因為他在政治方面的反動。（我們看來，王安石的文章和政見，是比較好

的，反王派的政治思想實在無可取。）他的作品中的一大部分，都是摹擬古人的。如三蘇《策論》裏面的文章，大抵都是學韓愈，學古文的。只因他聰明過人，所以學得來還好。另外的一小部分，不是正經文章，只是他隨便一寫的東西，如書信、題跋之類，在他本認為不甚重要，不是想要傳留給後人的。因而寫的時候，態度便很自然，而他所有的好文章，就全在這一部分裏面。從這裏可以見出他仍是屬於韓愈的系統之下，是載道派的人物。

清末有一位汪瑔批評揚雄。他說揚雄的文章專門摹仿古人，寫得都不好。好的，只有〈酒箴〉一篇。那是因為他寫的時候隨隨便便，沒想讓它傳後之故。這話的確不錯。寫文章時不擺架子，當可寫得十分自然。好像一般官僚，在外邊總是擺着官僚架子，在家裏則有時講講笑話，自然也就顯得很真誠了。所以，宋朝也有好文章，卻都是在作者忘記擺架子的時候所寫的。

元朝有新興的曲，文學又從舊圈套裏解脫了出來。到明朝的前後七子，認為元代以至明初時候的

文學沒有價值，於是要來復古：不讀唐代以後的書籍，不學杜甫以後的詩，作文更必須學周秦諸子。他們的時代是十六世紀的前半。前七子是在弘治年間，為李夢陽、何景明等人；後七子在嘉靖年間，為李攀龍、王世貞等人。他們所生時代雖有先後，其主張復古卻是完全一樣的。

對於這復古的風氣，揭了反叛的旗幟的，是公安派和竟陵派。公安派的主要人物是三袁，即袁宗道、袁宏道、袁中道三人。他們是萬曆朝的人物，約當西曆十六世紀之末至十七世紀之初。因為他們是湖北公安縣人，所以有了「公安派」的名稱。他們的主張很簡單，可以說和胡適之先生的主張差不多。所不同的，那時是十六世紀，利瑪竇還沒有來中國，所以缺乏西洋思想。假如從現代胡適之先生的主張裏面減去他所受到的西洋的影響，科學、哲學、文學以及思想各方面的，那便是公安派的思想和主張了。而他們對於中國文學變遷的看法，較諸現代談文學的人或者還更要清楚一點。理論和文章都很對很好，可惜他們的運氣不好，到清朝他們的著作便都成為

禁書。他們的運動也給乾嘉學者所打倒了。

〈小修詩〉內，他說道：

　　……其間有佳處，亦有疵處。佳處自不必言，即疵亦多本色獨造語。然予則極喜其疵處，而所謂佳者，尚不能不以粉飾蹈襲為恨，以為未能盡脫近代文人習氣故也。

　　蓋詩文至近代而卑極矣。文則必欲準於秦漢，詩則必欲準於盛唐。剿襲模擬，影響步趨。見人有一語不相肖者，則共指以為野狐外道。曾不知文準秦漢矣，秦漢人曷嘗字字準六經歟？詩準盛唐矣，盛唐人曷嘗字字學漢魏歟？秦漢而學六經，豈復有秦漢之文？盛唐而學漢魏，豈復有盛唐之詩？惟夫代有升降而法不相沿，各極其變，各窮其趣，所以可貴，原不可以優劣論也。

　　且夫天下之物，孤行則必不可無；必不可無，雖欲廢焉而不能。雷同則可以不有，可以不有則雖欲存焉而不能。……

這些話，說得都很得要領，也很像近代人所講的話。

在中郎為江進之的《雪濤閣集》所作序文內，說明了他對於文學變遷的見解：

　　……夫古有古之時，今有今之時，襲古人語言之迹而冒以為古，是處嚴冬而襲夏之葛者也。騷之不襲雅也，雅之體窮於怨，不騷不足以寄也。後人有擬而為之者，終不肖也，何也？彼直求騷於騷之中也。至蘇李述別、十九等篇，騷之音節體制皆變矣，然不謂之真騷不可也。……

後面，他講到文章的「法」——即現在之所謂「主義」或「體裁」：

　　夫法因於敝而成於過者也：矯六朝駢麗飣餖之習者以流麗勝，飣餖者固流麗之因也，然其過在於輕纖，盛唐諸人以閎大矯之；已閎矣又因閎而生莽，是故續盛唐者，以情實矯之；已實矣，又因

實而生偃，是故續中唐者以奇僻矯之。然奇則其境
必狹，而僻則其務為不以根相勝。故詩之道至晚唐
而益小。有宋歐、蘇輩出，大變晚習，於物無所不
收，於法無所不有，於情無所不暢，於境無所不取。
滔滔莽莽，有若江河。今之人徒見宋之不法唐，而
不知宋因唐而有法者也。

對於文學史這樣看法，較諸說「中國文學在過
去所走的全非正路，只有現在所走的道路才對」要
高明得多。

批評江進之的詩，他用了「信腕信口，皆成律
度」八個字。這八個字可說是詩言志派一向的主張，
直到現在，還沒有比這八個字說得更中肯的，就連
胡適之先生的「八不主義」也不及這八個字說的更
得要領。

因為他們是反對前後七子的復古運動的，所以
他們極力地反對摹仿。在剛才所引中郎的《雪濤閣
集》序內，有着這樣的話：

至以剿襲為復古，句比字擬，務為牽合，棄目前之景，摭腐濫之辭，有才者絀於法而不敢自伸其才，無才者拾一二浮泛之語，幫湊成詩。智者牽於習而愚者樂其易。一倡億和，優人騶從，共談雅道。吁，詩至此亦可羞哉！

　　我們不能拿現在的眼光，批評他的「優人騶從，共談雅道」為有封建意味，那是時代使然的。他的反對摹倣古人的見解實在很正確。摹倣可不用思想，因而他所說的這種流弊乃是當然的。近來各學校考試，每每以「董仲舒的思想」或「揚雄的思想」等作為國文題。這也容易發生如袁中郎所說的這種毛病，使得能作文章的作來不得要領，不能作的更感到無處下筆。外國大學的入學試題，多半是「旅行的快樂」一類，而不是關於莎士比亞的戲曲一類的。中國也應改變一下，照我想，如能以太陽或楊柳等作為作文題目，當比較合適一些，因為文學的造詣較深的人，可能作得出好文章來。

　　伯修（宗道）的見解較中郎稍差一些。在他的

《白蘇齋集》內的〈論文〉裏邊，他也提出了反對學古人的意見：

> ……今之圓領方袍，所以學古人之綴葉蔽皮也。今之五味煎熬，所以學古人之茹毛飲血也。何也？古人之意期於飽口腹蔽形體，今人之意亦期於飽口腹蔽形體，未嘗異也。彼摘古人字句入己著作者，是無異綴皮葉於衣袂之中，投毛血於穀核之內也。大抵古人之文專期於達，而今人之文專期於不達。以不達學達，是可謂學古者乎？（〈論文上〉）
>
> ……有一派學問則釀出一種意見，有一種意見，則創出一般言語。言語無意見則虛浮，虛浮則雷同矣。故大喜者必絕倒，大哀者必號痛，大怒者必叫吼動地，髮上指冠。惟戲場中人，心中本無可喜而欲強笑，亦無可哀而欲強哭，其勢不得不假借模擬耳。今之文士，浮浮泛泛，原不曾的然做一項學問，叩其胸中亦茫然不曾具一絲意見，徒見古人有立言不朽之說，有能詩能文之名，亦欲搦管伸紙，入此行市，連篇累牘，圖人稱揚。夫以茫昧之

胸而妄意鴻鉅之裁，自非行乞左、馬之側，慕緣殘溺，盜竊遺矢，安能寫滿卷帙乎？試將諸公一編，抹去古語陳句，幾不免曳白矣。

　　……然其病源則不在模擬，而在無識。若使胸中的有所見，苞塞於中，將墨不暇研，筆不暇揮，兔起鶻落，猶恐或逸，況有閒力暇晷引用古人詞句耶？故學者誠能從學生理，從理生文，雖驅之使模不可得矣。（〈論文下〉）

這雖然一半講笑話，一半挖苦人，其意見卻很可取。

從這些文章裏面，公安派對文學的主張，已可概見。對他們自己所作的文章，我們也可作一句總括的批評，便是：「清新流麗」。他們的詩也都巧妙而易懂。他們不在文章裏面擺架子，不講治國平天下的大道理，只要看過前後七子的假古董，就可很容易看出他們的好處來。

不過，公安派後來的流弊也就因此而生，所作的文章都過於空疏浮滑，清楚而不深厚。好像一個

水池，污濁了當然不行，但如清得一眼能看到池底，水草和魚類一齊可以看清，也覺得沒有意思，而公安派後來的毛病即在此。於是竟陵派又起而加以補救。竟陵派的主要人物是鍾惺和譚元春，他們的文章很怪，裏邊有很多奇僻的詞句，但其奇僻絕不是在摹倣左、馬，而只是任着他們自己的意思亂作的，其中有許多很好玩，有些則很難看得懂。另外的人物是倪元璐、劉侗諸人。倪的文章現在較不易看到，劉侗和于奕正合作的《帝京景物略》在現在可算是竟陵派唯一的代表作品，從中可看出竟陵派文學的特別處。

後來公安、竟陵兩派文學融合起來，產生了清初張岱（宗子）諸人的作品，其中如《瑯嬛文集》等，都非常奇妙。《瑯嬛文集》現在不易買到，可買到的有《西湖夢尋》和《陶庵夢憶》兩書，裏邊通有些很好的文章。這也可以說是兩派結合後的大成績。

那一次的文學運動，和民國以來的這次文學革命運動，很有些相像的地方。兩次的主張和趨勢，幾乎都很相同。更奇怪的是，有許多作品也都很相

似。胡適之、冰心和徐志摩的作品，很像公安派的，清新透明而味道不甚深厚。好像一個水晶球樣，雖是晶瑩好看，但仔細地看，許多時就覺得沒有多少意思了。和竟陵派相似的是俞平伯和廢名兩人，他們的作品有時很難懂，而這難懂卻正是他們的好處。同樣用白話寫文章，他們所寫出來的，卻另是一樣，不像透明的水晶球，要看懂必須費些功夫才行。然而更奇怪的是俞平伯和廢名並不讀竟陵派的書籍，他們的相似完全是無意中的巧合。從此，也更可見出明末和現今兩次文學運動的趨向是怎樣的相同了。

第三講
清代文學的反動
（上）── 八股文

以袁中郎作為代表的公安派，其在文學上的勢力，直繼續至清朝的康熙時代。集公安、竟陵兩派之大成的，上次已經說過，是張岱。張岱便是明末清初的人。另外還有金聖嘆嗬，李笠翁漁、鄭燮、金農、袁枚諸人。金聖嘆的思想很好，他的文學批評很有新的意見。這在他所批點的《西廂》、《水滸》等書上全可看得出來。他留下來的文章並不多，但從他所作的兩篇的序文中，也可以看得出他的主張來的，他能將《水滸》、《西廂》和《左傳》、《史記》同樣當作文學書看，不將前者認為誨淫誨盜的東西，這在當時實在是一件很不容易的事。李笠翁所著有《笠翁一家言》，其中對於文學的見解和人生的見解也很好。他們都是康熙時代的人。其後便成了強弩之末，到袁枚時候，這運動便結束了。

大約從一七〇〇年起始，到一九〇〇年止，在這期間，文學的方向和以前又恰恰相反，但民國以來的文學運動，卻又是這反動力最所激起的反動。我們可以這樣說：明末的文學，是現在這次文學運動的來源，而清代的文學，則是這次文學運動的原

因。不看清楚清代的文學情形，則新文學運動所以起來的原因，也將弄不清楚，要說明也便沒有依據。我常提議各校國文系的學生，應該研究八股文，也曾作過一篇〈論八股文〉（見本書附錄），說明為甚麼應該研究它。這項提議，看來似乎是在講笑話，而其實倒是正經話，是因為八股文和現代文學有着很大的關係之故。

清代的文藝學問情形，在梁任公先生的《清代學術概論》中說得很詳盡了，我們不必多說。但今為便利計，姑歸納為下列幾種：

一、宋學（也可稱哲學或玄學）

二、漢學（包括語言學和歷史）

三、文學

　　（1）明末文學的餘波 —— 至袁枚為止

　　（2）駢文（文選派）

　　（3）散文（古文，以桐城派為代表）

四、制藝（八股）

在清代，每個從事於學問的人，總得在這些當中選擇一兩種去研究。但無論研究哪一種，八股文

是人人所必須學的。清代的宋學無可取，漢學和文學沒多大關係，文學裏明末文學運動的餘波已逐漸衰微下去，而這時期的駢體文也只是剽擬模仿，更不能形成一種力量。餘下的便只有散文和八股了。

關於八股文的各方面，我們所知道的很少，怕不能扼要地講得出來。可供參考的書籍也很少，能找到的，只有梁章鉅的《制藝叢話》，在裏邊可以找到許多很好的材料，此外更無第二部。劉熙載的《藝概》末卷也是講制藝的，只是所講全是些空洞的話，並沒有具體的例證。但我們對八股文如不曉得是怎麼一回事，則對舊文學裏面的好些地方全都難以明瞭，於此，也只得略加說明：

所謂「制藝」，是指自宋以來考試的文章而言。在唐時考試用詩；宋時改為經義，即從四書或五經內出一題目，由考的人作一段文章，其形式全與散文相同；到明代便有了定型：文章的起首是破題，其次是承題，再次是起講，後面共有八股，每兩股作為一段，此半彼仄，兩兩相對，成為這樣的形式：

甲'甲
乙'乙
丙'丙
丁'丁

　　下面再有一段作為結尾。這便是所謂「八股文」。到明末清初時候，更加多了許多限制，不但有一定的形式，且須有一定的格調。這樣，越來便越麻煩了。

　　現在將清代各種文學，就其在形式和內容兩方面的差別，另畫作這樣的一張表：

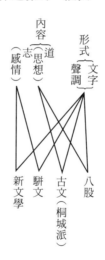

這裏邊，八股文是以形式為主，而以發揮聖賢之道為內容的。桐城派的古文是以形式和思想平重的。駢文的出發店為感情，而也是稍偏於形式方面。以感情和形式平重的，則是這時期以後的新文學。就中，八股文和桐城派古文很相近。早也有人說過，桐城派是以散文作八股的。駢文和新文學，同以感情為出發點，所以二者也很相近，其不同處是駢文太趨重於形式方面。後來反對桐城派和八股文，可走的路徑，從這表上也可以看得出來，不走向駢文的路便走向新文學的路。而駢文在清代的勢力，如前面所說，本極微弱，於是便只有走向新文學這方面了。

　　為甚麼曾有八股文這東西起來呢？據我想這與漢字是有特別關係的。漢字在世界上算是最特別的一種，它有平仄而且有偏旁，於是便可找些合適的字，使之兩兩互對起來。例如「紅花」可用「綠葉」作對，若用「黃葉」或「青枝」等去對，即使小學生也知其不合適，因為「紅花」和「綠葉」，不但所代表的顏色和物件正好相對，字的平仄也是正對的，

而且「紅」、「綠」二字還都帶有「糸」旁，其它的「青枝」、「黃葉」等便不足這些條件了。

從前有人路過一家養馬的門口，見所貼門聯的一幅是「左羊牽來千里馬」，覺得很好，但及至看到下幅，乃是「右手牽來千里駒」，又覺得很不好了。這在賣馬的人只是表示他心中的願望，然而看門聯的人，則以為應當對得很精巧才成，彷彿「千」定要對「萬」，或「手」定要對「足」才是。

這樣子，由對字而到門聯，由門聯而到輓聯，而到很長的輓聯，便和八股文很接近了。

中國的打「燈謎」的事也是世界各國所沒有的，在中國各地方各界卻都很普遍，譬如「人人盡道看花回」打四書一句「言游過矣」，又如「傳語報平安」打「言不必信」等等，意思儘管是牽強附會，但倒轉過來，再變化得較高級一些，便成為八股中破題的把戲。因此，我覺得八股文之所以造成，大部分是由於民間的風氣使然，並不是專因為某個皇帝特別提倡的緣故。

關於破題有很多笑話，但雖是笑話，其作法卻

和正經的破題完全相同。據說有人作文章很快，於是別人出題目要他作，而只許他以四個字作為破題。題目是「君命召不俟駕行矣」，他的破題是「君請，度（踱）之」。又如有人以極通俗的話作破題解釋「三十而立」說：「兩當十五之年，雖有椅子板櫈而不敢坐也」。另外要舉一正經的例子：題目是「子曰」，有人的破題是「匹夫而為百世師，一言而為天下法。」這是明代人所作的，那時候這樣的破題還可以，到清代則破題的結尾一定要用一虛字才行。

從這些例子看來，便很可以明白，低級的燈謎，和高級的破題，原是同一種道理生出來的。

「破題」之後是「承題」。承題的起首必須得用一「夫」字，例如，要接着前面所舉「三十而立」的破題作下去，其承題的起首一定是「夫椅子板櫈所以坐者也……」一類的話頭。

總之，作文章的人，處處都受有限制，必須得模仿當時聖賢說話的意思，又必須遵守形式方面的種種條規。作一篇文章消磨很多的時間，作成之後卻毫沒價值。

然而前面所舉的還都是些普通的題目，還較為簡單易作，其更難的是所謂「截搭題」，即由四書上相鄰的兩章或兩句中，各截取一小部分，湊合而為一個題目。例如從「三十而立，四十而不惑」兩句當中，可截取「而立四十」作題。這種題目有很多湊得非常奇怪的，如「活昏」，本是「民非水火不生活」的末一字和「昏夜叩人之門戶」的首一字，毫無關係。然而竟湊為一個題目。遇到此類題目，必須用一種所謂「渡法」，將上半截的意思渡到下半截去。在《制藝叢話》中，有一個很巧妙的例子。題目是「以杖叩其脛闕黨童子」。是〈原壤夷俟〉章的末句和〈闕黨童子將命〉章的前半句，意思當然不相連接，然而有人渡得很妙：

　　　　一杖而原壤痛，再杖而原壤哭，三杖而原壤死矣，一陣清風而原壤化為闕黨童子矣。

　　作八股文不許連上，不許犯下，不許罵題漏題，這段文章全沒違犯這些規則，而又將題中不相干的

兩種意思能湊在一起，所以算最好。

八股文中的聲調也是一件很主要的成分。這大概是和中國的戲劇有關係的事。中國的歌曲早已失傳，或者現在一般妓女所唱的小曲還有些彷彿吧。然而在民間已不通行。大多數國民的娛樂，只是在於戲劇方面。現在各學校所常舉行的游藝會、歡迎會之類，在餘興一項內大半都是唱些舊劇，老百姓在種地的時候，或走路害怕的時候，也都好唱幾句皮簧之類。由此可見一般人對於戲劇的注意點是在於劇詞的腔調方面。當我初到北京時是在光緒三十年頃，在戲院裏見有許多當時的王公們，都臉朝側面而不朝戲台，後來才知道這是因為他們所注意的只是唱者的音調如何，而不在於他們的表演怎樣。西皮、二簧甚至崑曲的詞句，大半都作得不好、不通順。然而他們是不管那些的，正如我們聽西洋戲片，多半是只管音調而不管意思的。這在八股文內，也造成了同樣的情形，只要調子好，規矩不錯，有時一點意思也沒有，都可以的。從下面的兩股文章內，便可看出這種毛病來：

天地乃宇宙之乾坤，吾心實中懷之在抱，久矣夫千百年來已非一日矣，溯往事以追維，曷勿考記載而誦詩書之典要。

　　元后即帝王之天子，蒼生乃百姓之黎元，庶矣哉億兆民中已非一人矣，思人時而用世，曷勿瞻斁座而登廊廟之朝廷。

　　這是八股中的兩中股，在這兩股中，各句子裏起首和煞尾的字，其平仄都很對。所以，其中的意思雖是使人莫明其妙，文章也儘管不通，只因調子好，就可算是很好的「中式」文字。

　　上面所舉的各種例子，遊戲的地方太多。也許八股文中所有的特別的地方還看不清楚，於此，再舉一個正經的例子：

父母惟其疾之憂卓曰价

　　罔極之深思未報，而又徒留不肖之肢體，貽父母以半生莫殫之愁。

　　百年之歲月幾何，而忍吾親以有限之精

神，更消磨於生我劬勞之後。

這是否八股中的後兩股，其聲調和句子，作得都很好。文字雖也平常，對題中的意思卻發揮得很透澈，所以這算是八股中之最上等的。作不好的即成為前面所舉「天地乃宇宙之乾坤」一類的。

我以前在〈論八股文〉中也曾舉例說明過，凡是從前考試落第的人，只須再用功多讀，將調子不同的文章，讀上一百來篇。好像我們讀樂譜一樣，讀到爛熟，再考時就可從中選一合適的調子，將文章填入，自然也就可以成功了。魯迅在《朝華夕拾》內說到三味書屋裏教書的老先生讀文時搖頭擺腦的神情，是事實，而且很有道理在裏邊的。假使單是讀而不搖頭，則文字中的音樂分子便有時領略不出來，等自己作時，也便很難將音調捉摸得好了。

和八股文相連的有試帖詩。唐代的律詩本只八句，共四韻，後來加多為六韻，更後成為八韻。在清朝，考試的人都用作八股文的方法去作詩，於是律詩完全八股化而成為所謂「試帖」。在徐寶善的

《壺園試帖》裏面有一首題目為〈王猛捫蝨〉，我們可從中抄出幾句作例：

> 　　建業蠢屯擾，成都蟻戰酣。中原披褐顧，餘子處褌慚。湯沐炎煩具，爬搔儘許探。搜將蟣蝨細，劘向齒牙甘。

　　這首詩，因為題目好玩，作者有才能，所以能將王猛的精紳，王猛的身份，和那時代的一般情形，都寫在裏面，而且風趣也很好。不過這也只是一種細工而已，算不得真正文學。

　　這種詩的作法，是和作詩鐘的方法有很大的關係的。詩鐘是每兩句單獨作。譬如清朝道光時代的一位文人秦雲，曾以「蠟、芥」為題目，作過這樣的兩句：

> 　　嚼來世事真無味，拾得功名儘有人。

　　這看來好像很感慨，但這感慨並不是詩人自己

的牢騷，而是從題目裏面生出來的。詩鐘作到這樣，算是比較成功的了，但和真文學相去則很遠。而所謂「試帖詩」，從前面的例上可以看出，就是應用這樣的方法作成的。即八股文的作法，也和這作詩鐘的方法很有關係。

總括起來，八股文和試帖詩都一樣，其來源：一為朝廷的考試，一為漢字的特別形狀，而另一則為中國的戲劇。其時代可以說自宋朝即已開始，無非到清朝才集其大成罷了。

言志派的文學，可以換一名稱，叫做「即興的文學」，載道派的文學，也可以換一名稱，叫做「賦得的文學」。古今來有名的文學作品，通是「即興文學」。例如《詩經》上沒有題目，《莊子》也原無篇名，他們都是先有意思，想到就寫下來，寫好後再從文字裏將題目抽出的。「賦得的文學」是先有題目後再按題作文。自己想出的題目，作時還比較容易；考試所出的題目便有很多的限制，自己的意見不能說，必須揣摩題目中的意思。如題目是孔子的話，則須跟着題目發揮些聖賢道理，如題目為〈陽貨〉的

話，則又非跟着題目罵孔子不可。正如劉熙載所說的，「未作破題，文章由我；既生破題，我由文章」。只要遵照各種規則，寫得精密巧妙，即成為「中式」的文章。其意義之有無，倒可不管。我們現在作文章有如走路，在前作八股文則如走索子。走路時可以隨便，而走索子則非按照先生所教的方法不可，否則定要摔下來。不但規矩，八股文的字數也都有一定，在順治初年，定為四百五十字算滿篇，康熙時改為五百五十，後又改為六百。字數在三百以內不及格，若多至六、七百以上也同樣不及格。總之，這種有定制的文章，使得作者完全失去其自由，妨礙了真正文學的產生，也給了中國社會許多很壞的影響，至今還不能完全去掉。正如吳稚暉所說，土八股雖然沒有了，接着又有了洋八股，現在則又有了黨八股。譬如現在要考甚麼，與考的人不必有專門研究，不懂題目也可以按照題目的意思敷衍成一段文章，使之有頭有尾。這便是作八股文的方法。

規則那樣麻煩，流弊那樣多，其引起反對乃是常然的。而且不僅在清末，在其先已經就有起而反

對的人了。最先的是傅青主山和徐靈胎大椿二人。他們都是有名的醫生，都曾作過罵八股的文字。在徐靈胎的《洄溪道情》裏面，有一首曲子叫〈時文嘆〉，其詞是：

　　　　讀書人，最不濟。爛時文，爛如泥。國家本為求才計，誰知道變作了欺人計。三句承題，兩句破題，擺尾搖頭，便是聖門高弟，可知道三通四史是何等文章，漢祖唐宗是哪朝皇帝？案頭放高頭講章，店裏買新科利器。讀得來肩背高低，口角噓唏。甘蔗渣兒嚼了又嚼，有何滋味？辜負光陰，白白昏迷一世！就教他騙得高官，也是百姓朝廷的晦氣。

　　當然這是算不得文學的，但卻可以代表當時一那分人的意見，所以也算是一篇與文學史有關係的東西。

　　清代自洪楊亂後，反對八股文的勢力即在發動。到清末，凡是思想清楚些的，都感覺到這個問

題。當時，政治方面的人物，都受了維新思想的傳染，以為八股文太沒用處。研究學問的人則以為八股文太空疏。因而一般以八股文出身的人們，也都起而反對了。力量最大關係最多的，是康有為、梁任公諸人。不過那時候所作到的只是在政治方面的成功，只使得考試時不再用八股而用策論罷了。而在社會上的思想方面、文學方面，都還沒有多大的改變，直到陳獨秀、胡適之等人正式地提出了文學革命的口號，而文學運動上才又出現了一支生力軍。

現下文學界的人們，很少曾經作過八股文的，因而對於八股文的整個東西，都不甚了然。現在只能將它和新文學運動有關係的地方略略說及，實不容易說得更具體些。整篇的八股文字，如引用起來，太長、太無聊，大家可自己去查查看。以後如有對此感到興趣的人，可將這東西作一番系統的研究，整理出一個端緒來，則其在中國文學上的價值和關係，自可看得更清楚了。

第四講
清代文學的反動（下）── 桐城派古文

如上次所說，在十八、九兩世紀的中國，文學方面是八股文與桐城派古文的時代。所以能激動起清末和民國初年的文學革命運動，桐城派古文也和八股文有相等的力量在內。

桐城派的首領是方苞和姚鼐，所以稱之為「桐城派」者，是因他們通是安徽桐城縣人。關於桐城派的文獻可看《方望溪集》、《姚惜抱集》，該派的重要主張和重要文字，通可在這兩部書內找到。此外便當可用的還有一本叫做《桐城文派述評》的小書。吳汝綸和嚴復的文章也可以一看，因為他們是桐城派結尾的人物。另外也還有些人，但並不重要，現在且可不必去看。

桐城派自己所講的系統是這樣子的：

《左傳》—— 《史記》—— 韓愈 —— 歸有光 —— 方苞
　　　　—— 柳宗元
　　　　—— 歐陽修
　　　　—— 三　蘇
　　　　—— 王安石
　　　　—— 曾　鞏

從此可以看得出，他們還是承接着唐宋八大家

的系統下來的：上承左、馬，而以唐朝的韓愈為主，將明代的歸有光加入，再下來就是方苞。不過在他們和唐宋八大家之間，也有很不相同的地方：唐宋八大家雖主張「文以載道」，但其着重點猶在於古文方面，只不過想將所謂「道」這東西收進文章裏去作為內容罷了，所以他們還只是文人。桐城派諸人則不僅是文人，而且也兼作了「道學家」。他們以為韓愈的文章總算可以了，然而他在義理方面的造就卻不深；程朱的理學總算可以了，然而他們所做的文章卻不好。於是想將這兩方面的所長合而為一，因而有「學行繼程朱之後，文章在韓歐之間」的志願。他們以為「文即是道」，二者並不可分離，這樣的主張和八股文是很接近的，而且方苞也就是一位很好的八股文作家。

關於清代學術方面的情形，在前我們曾說到過，大體是成這種形勢：

一、宋學（哲學或玄學）

二、漢學：$\begin{cases} 語言 \\ 歷史 \end{cases}$

三、文學

　　（1）明末文學的餘波

　　（2）駢文（文選派）

　　（3）散文（古文，以桐城派為代表）

四、制藝

　　按道理說，桐城派是應歸屬於文學中之古文方面的，而他們自己卻不以為如此。照他們的說法，應該改為這樣的情形：

```
1、義理 —— 宋學      ⎫
2、考據 —— 漢學      ⎬ 桐城派
        ⎧ 古駢詩       ⎪
3、詞章 ⎨           ⎭
        ⎩ 文文詞

4、制藝
```

　　他們不自認是文學家，而是集義理、考據、詞章三方面之大成的。本來自唐宋八大家主張「文以載道」而後，古文和義理便漸漸離不開；而漢學在一代特佔勢力，所以他們也自以懂得漢學相標榜。實際上，方、姚對於考據之學卻是所知有限得很。

他們主張「學行繼程朱之後」，並不是處處要和程朱一樣，而是以為：只要文章作得好，則「道」也即跟着好起來，這便是學行方面的成功。今人趙震大約也是一位桐城派的文人，在他所編的《方姚文》的序文中，曾將這意思說得很明白，他說：

　　……然則古文之應用何在？曰：『將以為為學之具，蘄至乎知言知道之君子而已』。人之為學，大率因文以見道，而能文與不能文者，其感覺之敏鈍、領會之多寡，蓋相去懸絕矣。……

　　另外，曾國藩有一段話也能對這意見加以說明，他在〈示直隸學子文〉內，論及怎樣研究學問，曾說道：

　　苟通義理之學，而經濟該乎其中矣。……然後求先儒所謂考據者，使吾之所見證諸古制而不謬；然後求所謂詞章者，使吾之所獲達諸筆札而不差。……

因為曾國藩是一位政治家，覺得單是講些空洞的道理不夠用，所以又添了一種「經濟」進去，而主張將四種東西 —— 即義理、考據、詞章、經濟 —— 打在一起。

從這兩段文字中，當可以看得出他們一貫的主張來，即所作雖為詞章，所講乃是義理。因此他們便是多方面的人而不只是文學家了。

以上是桐城派在思想方面的主張。

在文詞方面，他們還提出了所謂「桐城義法」。所謂義法，在他們雖看得很重，在我們看來卻並不是一種深奧不測的東西，只是一種修詞學而已。將他們所說的歸併起來，大抵可分為以下兩條：

第一，文章必須「有關聖道」 —— 方苞說：「非闡道翼教，有關人倫風化不苟作」。姚鼐也說過同樣的話，以為如「不能發明經義不可輕述」。所以凡是文章必須要「明道義，維風俗」。其實，這也和韓愈等人「文以載道」的主張一樣，並沒有更高明的道理在內。

此外他們所提出的幾點，如文章要學左、史，

要以韓、歐為法，都很瑣碎而沒有條理。比較可作代表的是沈廷芳〈書方望溪先生傳後〉中的一段話：

> ……南宋、元、明以來，古文義法不講久矣。吳越間遺老尤放恣：或雜小說，或沿翰林舊體，無雅潔者。古文中不可錄：語錄中語，魏晉六朝人藻麗俳語，漢賦中板重字法，詩歌中雋語，南北史佻巧語。

將其中的意見歸納起來，也可勉強算作他們的義法之一，便是第二，文要雅正。

另外，還有一種莫明其妙的東西，為現在的桐城派文人也說不明白的，是他們主張文章內要有「神理氣味，格律聲色」八種東西：

姚鼐〈古文辭彙纂序目〉：

> 凡文之體類十三，而所以為文者八：曰『神理氣味，格律聲色』。神理氣味者文之精也，格律聲色者文之粗也。……

「理」是義理，即我們之所謂「道」；「聲」是節奏，是文章中的音樂分子；「色」是色彩，是文章的美麗。這些，我們還可以懂得。但神、氣、味、律等，意義就十分渺茫，使人很難領會得出。林紓的《春覺齋論文》，可說是一本桐城派作文的經驗談，而對於道幾種東西，也沒有說得清楚。

不管他們的主張如何，他們所作出的東西，也仍是唐宋八大家的古文。並且，越是按照他們的主張作出的，越是作得不好。《方姚文》中所選的一些，是他們自己認為最好，可以算作代表作的，但其好處何在，我們卻看不出來。不過，和明代前後七子的假古董相比，我以為桐城派倒有可取處的。至少他們的文章比較那些假古董為通順，有幾篇還帶些文學意味。而且平淡簡單，含蓄而有餘味，在這些地方，桐城派的文章，有時比唐宋八大家的還好。雖是如此，我們對他們的思想和所謂「義法」，卻始終是不能贊成，而他們的文章統系也終和八股文最相近。

假如說姚鼐是桐城派定鼎的皇帝，那麼曾國藩

可說是桐城派中興的明主。在大體上，雖則曾國藩還是依據着桐城派的綱領，但他又加添了政治、經濟兩類進去，而且對孔孟的觀點，對文章的觀點，也都較為進步。姚鼐的《古文辭彙纂》和曾國藩的《經史百家雜鈔》二者有極大的不同之點：姚鼐不以經書作文學看，所以《古文辭彙纂》內沒有經書上的文字；曾國藩則將經中文字選入《經史百家雜鈔》之內，他已將經書當作文學看了。所以，雖則曾國藩不及金聖嘆大膽，而因為他較為開通，對文學較多了解，桐城派的思想到他便已改了模樣。其後，到吳汝綸、嚴復、林紓諸人起來，一方面介紹西洋文學，一方面介紹科學思想，於是經曾國藩放大範圍後的桐城派，慢慢便與新要興起的文學接近起來了。後來參加新文學運動的，如胡適之、陳獨秀、梁任公諸人，都受過他們的影響很大。所以我們可以說，今次文學運動的開端，實際還是被桐城派中的人物引起來的。

但他們所以跟不上潮流，所以在新文學運動正式作起時，又都退縮回去而變為反動勢力者，是因

為他們介紹新思想的觀念根本錯誤之故。在嚴譯的《天演論》內，有吳汝綸所作的一篇很奇怪的序文。他不看重天演的思想，他以為西洋的赫胥黎未必及得中國的周秦諸子，只因嚴復用周秦諸子的筆法譯出，因文近乎「道」，所以思想也就近乎「道」了。如此，《天演論》是因為譯文而才有了價值。這便是當時所謂「老新黨」的看法。

林紓譯小說的功勞算最大，時間也最早，但其態度也非常之不正確。他譯司各特（Scott）、狄更司（Dickens）諸人的作品，其理由不是因為他們的小說有價值，而是因為他們的筆法有些地方和太史公相像，有些地方和韓愈相像，太史公的《史記》和韓愈的文章既都有價值，所以他們的也都有價值了。這樣，他的譯述工作，雖則一方面打破了中國人的西洋無學問的舊見，一方面也可打破了桐城派的「古文之體忌小說」的主張，而其根本思想卻仍是和新文學不相同的。

他們的基本觀念是「載道」，新文學的基本觀念是「言志」，二者根本上是立於反對地位的。所以，

雖則接近了一次，而終於不能調和。於是，在袁世凱作皇帝時，嚴復成為籌安會的六君子之一，後來寫信給人也很帶復辟黨人氣味，而林紓在民國七、八年時，也一變而為反對文學革命運動的主要人物了。

另外和新文學運動有關係的是漢學家。漢學家和新文學本很少發生關係的可能，但他們和明末的文學卻有關係。如我們前次所講，明末的新文學運動一直繼續到清代初年。在歷史上可以明明白白看出來的，是漢學家章實齋在《文史通義》內〈婦學〉一篇中大罵袁枚，到這時公安、竟陵兩派的文學便告了結束。然而最奇怪的事情是他們在漢學家的手裏死去，後來卻又在漢學家的手裏復活了過來。在晚清，也是一位漢學家俞曲園樾先生，他研究漢學也兼弄詞章 —— 雖則他這方面的成績並不好。在他的《春在堂全集》中，有許多遊戲小品，《小浮梅閒話》則是講小說的文字，這是在同時代的別人的集子中所沒有的。他的態度和清初的李笠翁、金聖嘆差不多，也是將小說當作文學看。當時有一位白玉

崑作過一部《三俠五義》，他竟加以修改，改為《七俠五義》而刻印了出來，這更是一件像金聖嘆所作的事情。在一篇〈曲園戲墨〉中，他將許多字作成種種形像，如將「曲園拜上」四字畫作一個人跪拜的姿勢等，這又大似李笠翁《閒情偶寄》中的風趣了。所以他是以一個漢學家而走向公安派、竟陵派的路子的。

從這裏我們可以看出，在清代晚年已經有對於八股文和桐城派的反動傾向了。只是那時候的幾個人，都是在無意識中作着這件工作。來到民國，胡適之、陳獨秀、梁任公諸人，才很明瞭地意識到這件事而正式提出文學革命的旗幟來。在《北斗》雜誌上載有魯迅一句話：「由革命文學到遵命文學」。意思是以前是談革命文學，以後怕要成為遵命文學了。這句話說得頗對，我認為凡是載道的文學，都得算作遵命文學，無論其為清代的八股，或桐城派的文章，通是。對這種遵命文學所起的反動，當然是不遵命的革命文學。於是產生了胡適之的所謂「八不主義」，也即是公安派的所謂「獨抒性靈，不拘格

套」和「信腕信口，皆成律度」的主張的復活。所以，今次的文學運動，和明末的一次，其根本方向是相同的。其差異點無非因為中間隔了幾百年的時光，以前公安派的思想是儒家思想、道家思想，加外來的佛教思想三者的混合物，而現在的思想則又於此三者之外，更加多一種新近輸入的科學思想罷了。

第五講
文學革命運動

清末文學方面的情形，就是前兩次所講到的那樣子，現在再加一總括的敍述：

第一，八股文在政治方面已被打倒，考試時已經不再作八股文而改作策論了。其在社會方面，影響卻依舊很大，甚至，直到現在還沒有完全消失。

第二，在乾隆、嘉慶兩朝達到全盛時期的漢學，到清末的俞曲園也起了變化。他不但弄詞章，而且弄小說，而且在《春在堂全集》中的文字，有的像李笠翁，有的像金聖嘆，有的像鄭板橋和袁子才。於是，被章實齋罵倒的公安派，又得以復活在漢學家的手裏。

第三，主張文道混合的桐城派，這時也起了變化。嚴復出而譯述西洋的科學和哲學方面的著作，林紓則譯述文學方面的。雖則嚴復的譯文被章太炎先生罵為有八股調，林紓譯述的動機是在於西洋文學有時和《左傳》、《史記》的筆法相合；然而在其思想和態度方面，總已有了不少的改變。

第四，這時候的民間小說，比較低級的東西，

也在照舊發達，其中作品有《孽海花》等。

　　受了桐城派的影響，在這變動局面中演了一個主要角色的是梁任公。他是一位研究經學而在文章方面是喜歡桐城派的。當時他所主編的刊物，先後有《時務報》、《新民叢報》、《清議報》和《新小說》等等，在那時的影響都很大。不過，他是從政治方面起來的，他所最注意的是政治的改革，因而他和文學運動的關係也較為異樣。

　　自從甲午年（1894）中國敗於日本之後，中間經過了戊戌政變（1898），以至於庚子年的八國聯軍（1900），這幾年間是清代政治上起大變動的開始時期。梁任公是戊戌政變的主要人物，他從事於政治的改革運動，也注意到思想和文學方面。在《新民叢報》內有很多的文學作品。不過那些作品都不是正路的文學，而是來自偏路的，和林紓所譯的小說不同。他是想藉文學的感化力作手段，而達到其改良中國政治和中國社會的目的的。這意見，在他的一篇很有名的文章〈論小說與羣治之關係〉中可以看出。因此他所刊載的小說多是些「政治小說」，如講

匈牙利和希臘的政治改革的小說《經國美談》等是。《新小說》內所登載的，比較價值大些，但也都是以改良社會為目標的，如科學小說《海底旅行》、政治小說《新羅馬傳奇》、《新中國未來記》和其他的偵探小說之類。這是他在文學運動以前的工作。

梁任公的文章是融和了唐宋八大家、桐城派，和李笠翁、金聖嘆為一起，而又從中翻陳出新的。這也可算他的特別工作之一。在我年少時候，也受了他的非常大的影響，讀他的《飲冰室文集》、《自由書》、《中國魂》等書，都非常有興趣。他的文章，如他自己在《清代學術概論》中所講，是「筆鋒常帶情感」，因而影響社會的力量更加大。

他曾作過一篇〈羅蘭夫人傳〉。在那篇傳文中，他將法國革命後歐洲所起的大變化，都歸功於羅蘭夫人身上。其中有幾句是：

羅蘭夫人何人也？彼拿破崙之母也，彼梅特涅之母也，彼瑪志黎、噶蘇士、俾士麥、加富爾之母也。……

因這幾句話，竟使後來一位投考的人，在論到拿破崙時頗異於拿破崙和梅特涅既屬一母所生之兄弟，何以又有那樣不同的性格。從這段笑話中，也可見得他給予社會上的影響是如何之大了。

就這樣，他以改革政治、改革社會為目的，而影響所及，也給予文學革命運動以很大的助力。

在這時候，曾有一種白話文字出現，如《白話報》、《白話叢書》等，不過和現在的白話文不同，那不是白話文學，而只是因為想要變法，要使一般國民都認識些文字，看看報紙，對國家政治都可明瞭一點，所以認為用白話寫文章可得到較大的效力。因此，我以為那時候的白話和現在的白話文有兩點不同：

第一，現在的白話文，是「話怎樣說便怎樣寫」，那時候卻是由八股翻白話。有一本《女誡註釋》，是那時候的《白話叢書》之一，序文的起頭是這樣：

　　梅侶做成了《女誡》的註釋，請吳芙做序，

吳芙就提起筆來寫道，從古以來，女人有名氣的極多，要算曹大家第一，曹大家是女人當中的孔夫子，《女誡》是女人最要緊念的書……

又後序云：

華留芳女史看完了裴梅侶做的曹大家《女誡註釋》，歎一口氣說道，唉，我如今想起中國的女子，真沒有再比他[1]可憐的了。……

這仍然是古文裏的格調，可見那時的白話，是作者用古文想出之後，又翻作白話寫出來的。

第二，是態度的不同 —— 現在我們作文的態度是一元的，就是：無論對甚麼人，作甚麼事，無論是著書或隨便的寫一張字條兒，一律都用白話。而以前的態度則是二元的：不是凡文字都用白話寫，只是為一般沒有學識的平民和工人才寫白話的。

1　　編者按，現作「她」。

因為那時候的目的是改造政治，如一切東西都用古文，則一般人對報紙仍看不懂，對政府的命令也仍將不知是怎麼一回事，所以只好用白話。但如寫正經的文章或著書時，當然還是作古文的。因而我們可以說，在那時候，古文是為「老爺」用的，白話是為「聽差」用的。

　　總之，那時候的白話，是出自政治方面的需求，只是戊戌政變[2]的餘波之一，和後來的白話文可說是沒有多大關係的。

　　不過那時候的白話作品，也給了我們一種好處：使我們看出了古文之無聊。同樣的東西，若用古文寫，因其形式可作掩飾，還不易看清它的缺憾，但用白話一寫，即顯得空空洞洞沒有內容了。

　　這樣看來，自甲午戰後，不但中國的政治上發生了極大的變動，即在文學方面，也正在時時動搖，處處變化，正好像是上一個時代的結尾，下一個時代的開端。新的時代所以還不能即時產生者，則是

2　編者按，應是指戊戌維新。

如《三國演義》上所說的「萬事齊備，只欠東風」。

　　所謂「東風」在這裏卻正應改作「西風」，即是西洋的科學、哲學，和文學各方面的思想。到民國初年，那些東西已漸漸輸入得很多，於是而文學革命的主張便正式地提出來了。

　　民國四、五年間，有一種《青年雜誌》發行出來，編輯者為陳獨秀，這雜誌的性質是和後來商務印書館的《學生雜誌》差不多的，後來，又改名為《新青年》。及至蔡孑民作了北大校長，他請陳獨秀作了文科學長，但《新青年》雜誌仍由陳編輯，這是民國六年的事。其時胡適之尚在美國，他由美國向《新青年》投稿，便提出了文學革命的意見。但那時的意見還很簡單，只是想將文體改變一下，不用文言而用白話，別的再沒有高深的道理。當時他們的文章也還都是用文言作的。其後錢玄同、劉半農參加進去，「文學運動」、「白話文學」等等旗幟口號才明顯地提了出來。接着又有了胡適之的「八不主義」，也即是復活了明末公安派的「獨抒性靈，不拘格套」和「信腕信口，皆成律度」的主張。只不過又

加多了西洋的科學、哲學各方面的思想，遂使兩次運動多少有些不同了，而在根本方向上，則仍無多大差異處──這是我們已經屢次講到的了。

對此次文學革命運動起而反對的，是前次已經講過的嚴復和林紓等人。西洋的科學哲學和文學，本是由於他們的介紹才得輸入中國的，而參加文學革命運動的人們，也大都受過他們的影響。當時林譯的小說，由最早的《茶花女遺事》到後來的《十字軍英雄記》和《黑太子南征錄》，我就沒有不讀過的。那麼，他們為甚麼又反動起來呢？那是他們有載道的觀念之故。嚴、林都十分聰明，他們看出了文學運動的危險將不限於文學方面的改革，其結果勢非使儒教思想根本動搖不可。所以怕極了便出而反對。林紓有一封很長的信致蔡孑民先生，登在當時的《公言報》上，在那封信上他說明了這次文學運動將使中國人不能讀中國古書，將使中國的倫常道德一齊動搖等危險，而為之擔憂。

關於這次運動的情形，沒有詳細講述的必要，大家翻看一下《獨秀文存》和《胡適文存》，便可看

得出他們所主張的是甚麼。錢玄同和劉半農先生的文章沒有收集印行，但在《新文學評論》(王世棟編，新文化書社出版)內可以找到，這是最便當的一部書，所有當時關於文學革命這問題的重要文章，主張改革和反對改革的兩方面的論戰文字，通都收進裏面去了。

我已屢次地說過，今次的文學運動，其根本方向和明末的文學運動完全相同。對此，我覺得還須加以解釋：

有人疑惑：今次的文學革命運動者主張用白話，明末的文學運動者並沒有如此的主張，他們的文章依舊是用古文寫作，何以二者會相同呢？我以為：現在的用白話的主張也只是從明末諸人的主張內生出來的。這意見和胡適之先生的有些不同。胡先生以為所以要用白話的理由是：

（1）文學向來是向着白話的路子走的，只因有許多障礙，所以直到現在才入了正軌，以後即永遠如此。

（2）古文是死文字，白話是活的。

對於他的理由中的第（1）項，在第二講中我已經說過：我的意見是以為中國的文學一向並沒有一定的目標和方向。有如一條河，只要遇到阻力，其水流的方向即起變化，再遇到即再變。所以，如有人以為「詩言志」太無聊，則文學即轉入「載道」的路，如再有人以為「載道」太無聊，則即再轉而入於「言志」的路。現在雖是白話，雖是走着「言志」的路子，以後也仍然要有變化，雖則未必再變得如唐宋八大家或桐城派相同，卻許是必得對於人生和社會有好處的才行，而這樣則又是「載道」的了。

對於其理由中的第（2）項，我以為古文和白話並沒有嚴格的界限，因此死活也難分。幾年前，曾有過一樁笑話：那時章士釗以為古文比白話文好，於是以「二桃殺三士」為例，他說這句話要用白話寫出則必變為「兩個桃子，害死了三個讀書人」，豈不太麻煩麼？在這裏，首先他是將「三士」講錯了：「二桃殺三士」為諸葛亮〈梁父吟〉中的一句，其來源是《晏子春秋》裏邊所講的一段故事，「三士」所指原係三位遊俠之士，並非「三個讀書人」。其次，我

以為這句話就是白話而不是古文。例如在我們講話時說「二桃」就可以，不一定要說「兩個桃子」，「三士」亦然。「殺」字不能說是古文。現在所作的白話文內，除了「呢」、「吧」、「麼」等字比較新一些外，其餘的幾乎都是古字，如「月」字從甲骨文字時代就有，算是一個極古的字了，然而它卻的確沒有死。再如「粵若稽古帝堯」一句，可以算是一句死的古文了，但其死只是由於字的排列法是古的，而不能說是由於這幾個字是古字的緣故。現在，這句子中的幾個字，還都時常被我們應用，那麼，怎能算是死文字呢？所以文字的死活只因它的排列法而不同，其古與不古、死與活，在文字的本身並沒有明瞭的界限。即在胡適之先生，他從唐代的詩中提出一部分認為是白話文學，而其取捨卻也沒有很分明的一條線。即此可知古文、白話很難分，其死活更難定。因此，我以為現在用白話，並不是因為古文是死的，而是尚有另外的理由在：

（1）因為要言志，所以用白話。── 我們寫文章是想將我們的思想和感情表達出來的，能夠將

思想和感情多寫出一分，文章的藝術分子即加增一分，寫出得愈多便愈好，這和政治家、外交官的談話不同，他們的談話是以不發表意見為目的的，總是愈說愈令人有莫知究竟之感。我們既然想把思想和感情盡可能地多寫出來，則其最好的辦法是如胡適之先生所說的：「話怎麼說，就怎麼寫」，必如此，才可以「不拘格套」，才可以「獨抒性靈」。比如，有朋友在上海生病，我們得到他生病的電報之後，即趕到東車站搭車到天津，又改乘輪船南下，第三天便抵上海。我們若用白話將這件事如實地記載出來，則可以看得出這是用最快的走法前去。從這裏，我們和那位朋友間的密切關係，也自然可以看得出來。若用古文記載，勢將怎麼也說不對：「得到電報」一句，用周秦諸子或桐城派的寫法都寫不出來，因「電報」二字找不到古文來代替，若說接到「信」，則給人的印象很小，顯不出這事情的緊要來。「東車站」也沒有適當的古文可以代替，若用「東驛」，意思便不一樣，因當時驛站間的交通是用驛馬。「火車」、「輪船」等等名詞也都如此。所以，對於這件

事情的敍述，應用古雅的文字不但達不出真切的意思，而且在時間方面也將弄得不與事實相符。又如現在的「大學」若寫作古代的「成均」和「國子監」，則其所給予人的印象也一定不對。從這些簡單的事情上，即可知道想要表達現在的思想感情，古文是不中用的。

我們都知道，作戰的目的是要消滅敵人而不要為敵人所消滅，因此選用效力最大的武器是必須的。用刀棍不及用弓箭，用弓箭不及用槍炮，只有射擊力最大的才最好，所以現在都用大炮而不用刀劍。不過萬一有人還能以青龍偃月刀與機關槍相敵，能夠以青龍偃月刀發生比機關槍更大的效力，這當然是不可能的事了，但萬一有人能夠作到呢，則青龍偃月刀在現在也仍不妨一用的。文學上的古文也如此，現在並非一定不准用古文，如有人能用古文很明瞭地寫出他的思想和感情，較諸用白話文字還能表現得更多更好，則也大可不必用白話的，然而誰敢說他能夠這樣做呢？

傳達思想和感情的方法很多，用語言、用顏色、

用音樂或文字都可以，本無任何限制。我自己是不懂音樂的，但據我想來，對於傳達思想和感情，也許那是一種最便當、效力最大的東西吧。用言語傳達就比較難，用文字寫出更難。譬如我們有時候非常高興，高興的原因卻有很多：有時因為考試成績好，有時因為發了財，有時又因為戀愛的成功等等，假如對這種種事件都只用「高興」的字樣去形容，則各種高興間不同的情形便表示不出，這樣便是不得要領。所以，將我們的思想感情用文字照原樣完全描繪出來，是一件很不容易的事。既很不容易而到底還想將它們的原面目盡量地保存在文字當中，結果遂不能不用最近於語言的白話。這是現在所以用白話的主要原因之一，而和明末「信腕信口」的主張，原也是同一綱領 —— 同是從「言志」的主張中生出來的必然結果。唯在明末還沒想到用白話，所以只能就文言中的可能以表達其思想感情而已。

　　向來還有一種誤解，以為寫古文難，寫白話容易。據我的經驗說，卻不如是：寫古文較之寫白話容易得多，而寫白話則有時實是自討苦吃。我常說，

如有人想跟我學作白話文，一、兩年內實難保其必有成績；如學古文，則一百天的功夫定可使他學好。因為教古文，只須從古文中選出百來篇形式不同、格調不同的作為標本，讓學生去熟讀即可。有如學唱歌，只須多記住幾種曲譜，如國歌、進行曲之類，以後即可按譜填詞。文章讀得多了，等作文時即可找一篇格調相合的套上，如作壽序、作祭文等，通可用這種辦法。古人的文字是三段，我們也作三段，五段則也五段。這樣則教者只對學者加以監督，使學者去讀去套，另外並不須再教甚麼。這種辦法，並非我自己想出的，以前作古文的人們，的確就是應用這辦法的，清末文人也曾公然地這樣主張過，但難處是：譬如要作一篇祭文，想將死者全生平的歷史都寫進去，有時則限於古人文字中的段落太少而不能做到，那時候便不得不削足以適履了。古文之容易在此，其毛病亦在此。

白話文的難處，是必須有感情或思想作內容，古文中可以沒有這東西，而白話文缺少了內容便作不成。白話文有如口袋，裝進甚麼東西去都可以，

但不能任何東西不裝。而且無論裝進甚麼，原物的形狀都可以顯現得出來。古文有如一隻箱子，只能裝方的東西，圓東西則盛不下，而最好還是讓它空着，任何東西都不裝。大抵在無話可講而又非講不可時，古文是最有用的。譬如遠道接得一位親屬寫來的信，覺得對他講甚麼都不好，然而又必須回覆他，在這樣的時候，若寫白話，簡單的幾句便可完事，當然是不相宜的；若用古文，則可以套用舊調，雖則空洞無物，但八行書準可寫滿。

（2）因為思想上有了很大的變動，所以須用白話 —— 假如思想還和以前相同，則可仍用古文寫作，文章的形式是沒有改革的必要的。現在呢，由於西洋思想的輸入，人們對於政治、經濟、道德等的觀念，和對於人生、社會的見解，都和從前不同了。應用這新的觀點去觀察一切，遂對一切問題又都有了新的意見要說要寫。然而舊的皮囊盛不下新的東西，新的思想必須用新的文體以傳達出來，因而便非用白話不可了。

現在有許多文人，如俞平伯先生，其所作的文

章雖用白話，但乍看來其形式很平常，其態度也和舊時文人差不多，然在根柢上，他和舊時的文人卻絕不相同。他已受過了西洋思想的陶冶，受過了科學的洗禮，所以他對於生死，對於父子、夫婦等問題的意見，都異於從前很多。在民國以前的人們，甚至於現在的戴季陶、張繼等人，他們的思想和見地，都不和我們相同。按張、戴的思想講，他們還都是庚子以前的人物，現在的青年，都懂得了進化論，習過了生物學，受過了科學的訓練，所以儘管寫些關於花木、山水、吃酒一類的東西，題目和從前相似，而內容則前後絕不相同了。

附錄

一、論八股文

　　我查考中國許多大學的國文系的課程，看出一個同樣的極大的缺陷，便是沒有正式的八股文的講義。我曾經對好幾個朋友提議過，大學裏 —— 至少是北京大學應該正式地「讀經」，把儒教的重要的經典，例如《易》、《詩》、《書》，一部部地來講讀，照在現代科學知識的日光裏，用言語歷史學來解釋它的意義，用「社會人類學」來闡明它的本相，看它到底是甚麼東西，此其一。在現在大家高呼倫理化的時代，固然也未必會有人膽敢出來提倡打倒聖經，即使當日真有「廢孔子廟罷其祀」的呼聲，他們如沒有先去好好地讀一番經，那麼也還是白呼的。我的第二個提議即是應該大講其八股，因為八股是中國文學史上承先啓後的一個大關鍵，假如想要研究或了解本國文學而不先明白八股文這東西，結果將一無所得，既不能通舊傳統之極致，亦遂不能知新的反動之起源。所以，除在文學史大綱上公平地講過

之外，在本科二、三年應禮聘專家講授八股文，每週至少二小時，定為必修科，凡此課考試不及格者不得畢業。這在我是十二分地誠實的提議。但是，嗚呼哀哉，朋友們似乎也以為我是以諷刺為業，都認作一種玩笑的話，沒有一個肯接受這個條陳。固然，人選困難的確也是一個重要的原因，精通八股的人現在已經不大多了，這些人又未必都適於或肯教，只有夏曾佑先生聽說曾有此意，然而可惜，這位先覺早已歸了道山了。

八股文的價值卻決不因這些事情而跌落。它永久是中國文學 —— 不，簡直可以大膽一點說中國文化的結晶，無論現在有沒有人承認這個事實，這總是不可遮掩的明白的事實。八股算是已經死了，不過，它正如童話裏的妖怪，被英雄剁做幾塊，他老人家整個是不活了，那一塊一塊的卻都活着，從那妖形妖勢上面看來，可以證明老妖的不死。我們先從漢字看起。漢字這東西與天下的一切文字不同，連日本、朝鮮在內。它有所謂「六書」，所以有象形、會意，有偏旁；有所謂「四聲」，所以有平仄。從這

裏，必然地生出好些文章上的把戲。有如對聯「雲中雁」對「鳥槍打」這種對法，西洋人大抵還能了解，至於紅可以對綠而不可以對黃，則非黃帝子孫恐怕難以懂得了。有如燈謎、詩鐘。再上去，有如律詩、駢文，已由文字的遊戲而進於正宗的文學。自韓退之文起八代之衰，化駢為散之後，駢文似乎已交末運，然而不然。八股文生於宋，至明而少長，至清而大成，實行散文的駢文化，結果造成一種比六朝的駢文還要圓熟的散文詩，真令人有觀止之嘆。而且破題的作法差不多就是燈謎，至於有些「無情搭」顯然須應用詩鐘的手法纔能奏效，所以八股不但是集合古今駢散的菁華，凡是從漢字的特別性質演出的一切微妙的游藝也都包括在內，所以我們說它是中國文學的結晶，實在是沒有一絲一毫的虛價。民國初年的文學革命，據我的解釋，也原是對於八股文化的一個反動，世上許多褒貶都不免有點誤解，假如想了解這個運動的意義而不先明瞭八股是甚麼東西，那猶如不知道清朝歷史的人想懂辛亥革命的意義，完全是不可能的了。

其次，我們來看一看八股裏的音樂的分子。不幸我於音樂是絕對的門外漢，就是頂好的音樂，我聽了也只是不討厭罷了，全然不懂它的好處在哪裏，但是我知道，中國國國民酷好音樂，八股文裏含有重量的音樂分子，知道了這兩點，在現今的談論裏也就勉強可以對付了。我常想中國人是音樂的國民，雖然這些音樂在我個人偏偏是不甚喜歡的。中國人的戲迷是實在的事，他們不但在戲園子裏迷，就是平常一個人走夜路，覺得有點害怕，或是閒着無事的時候，便不知不覺高聲朗誦出來，是「空城計」的一節呢，還是「四郎探母」？因為是外行，我不知道，但總之是唱着甚麼就是。崑曲的句子已經不大高明，皮簧更是不行，幾乎是「八部書外」的東西，然而中國的士大夫也樂此不疲，雖然他們如默讀腳本，也一定要大叫不通不止，等到在台上一發聲，把這些不通的話拉長了，加上絲絃傢伙，他們便覺得滋滋有味，顛頭搖腿，至於忘形。我想，這未必是中國的歌唱特別微妙，實在只是中國人特別嗜好節調罷。從這裏我就聯想到中國人的

讀詩、讀古文，尤其是讀八股的上面去。他們讀這些文章時的那副情形大家想必還記得，搖頭擺腦，簡直和聽梅畹華先生唱戲時差不多，有人見了要詫異地問，哼一篇爛如泥的爛時文，何至於如此快樂呢？我知道，他是麻醉於音樂裏哩。他讀到這一出股：「天地乃宇宙之乾坤，吾心實中懷之在抱，久矣夫千百年來已非一日矣，溯往事以追維，曷勿考記載而誦詩書之典要」，耳朵裏只聽得自己的琅琅的音調，便有如置身戲館，完全忘記了這些狗屁不通的文句，只是在抑揚頓挫的歌聲中間三魂渺渺、七魄茫茫地陶醉着了。（說到陶醉，我很懷疑這與抽大煙的快樂有點相近，只可惜現在還沒有充分的材料可以說明。）再從反面說來，做八股文的方法也純粹是音樂的。它的第一步自然是認題，用做燈謎、詩鐘以及喜慶對聯等法，檢點應用的材料。隨後是選譜，即選定合宜的套數，按譜填詞，這是極重要的一點。從前有一個族叔，文理清通，而屢試不售，遂發憤用功，每晚坐高樓上朗歌文章（小題正鵠？），半年後應府縣考皆列前茅，次年春間即進了

秀才。這個很好的例，可以證明八股是文義輕而聲調重，做文的秘訣是熟記好些名家舊譜，臨時照填，且填且歌，跟了上句的氣勢，下句的調子自然出來，把適宜的平仄字填上去，便可成為上好時文了。中國人無論寫甚麼都要一面吟哦着，也是這個緣故，雖然所做的不是八股。讀書時也是如此，甚至讀家信或報章也非朗誦不可，於此可以想見這種情形之普遍了。

其次，我們再來一談中國的奴隸性吧。幾千年來的專制養成很頑固的服從與模仿根性，結果是弄得自己沒有思想，沒有話說，非等候上頭的吩咐不能有所行動，這是一般的現象，而八股文就是這個現象的代表。前清末年有過一個笑話，有洋人到總理衙門去，出來了七、八個紅頂花翎的大官，大家沒有話可講，洋人開言道：「今天天氣好。」首席的大聲答道：「好。」其餘的紅頂花翎接連地大聲答道好好好⋯⋯，其聲如狗叫云。這個把戲是中國做官以及處世的妙訣，在文章上叫作「代聖賢立言」，又可以稱作「賦得」，換句話就是奉命說話。做「制藝」

的人奉到題目，遵守「功令」，在應該說甚麼與怎樣說的範圍之內，盡力地顯出本領來，顯得好時便是「中式」，就是新貴人的舉人、進士了。我們不能輕易地笑前清的老腐敗的文物制度，它的精神在科舉廢止後在不曾見過八股的人們的心裏還是活着。吳稚暉公說過，中國有土八股、有洋八股、有黨八股，我們在這裏覺得未可以人廢言。在這些八股做着的時候，大家還只是舊日的士大夫，雖然身上穿着洋服，咀裏咬着雪茄。要想打破一點這樣的空氣，反省是最有用的方法，趕緊去查考祖先的窗稿，拏來與自己的大作比較一下，看看土八股究竟死絕了沒有，是不是死了之後還是奪舍投胎地復活在我們自己的心裏。這種事情恐怕是不大愉快的，有些人或者要感到苦痛，有如洗刮身上的一個大疔瘡。這個，我想也可以各人隨便，反正我並不相信統一思想的理論，假如有人怕感到幻滅之悲哀，那麼讓他仍舊把膏藥貼上，也並沒有甚麼不可罷。

　　總之我是想來提倡八股文之研究，綱領只此一

句，其餘的說明可以算是多餘的廢話。其次，我的提議也並不完全是反話或諷刺，雖然說得那麼地不規矩相。

二、沈啓无選輯近代散文鈔目錄

上卷目次

周新序

周序

袁伯修文鈔

　　論文上

　　論文下

　　西山五記（以上錄《白蘇齋類集》）

袁中郎文鈔

　　雪濤閣集序（《瓶花齋集》）

　　小修詩敍（《錦帆集》）

　　識伯修遺墨後（《瀟碧堂集》）

　　敍陳正甫會心集（《解脫集》）

　　叙呂氏家繩集（《瀟碧堂集》）

　　碧暉上人修淨室引（《解脫集》）

　　滿井遊記（《瓶花齋集》）

游桃花記（以上錄《晚香堂小品》）

李長蘅文鈔

紫陽洞

雲居寺

西泠橋

兩峰罷霧圖

法相寺山亭圖

勝果寺月巖圖

六和曉騎圖

永興蘭若

冷泉紅樹圖

斷橋春望圖

南屏山寺

雷峰暝色圖

紫雲洞

澗中第一橋

雲棲曉霧圖

烟霞春洞

江干積雪圖

岣嶁雲洞

　　孤山夜月圖

　　三潭采蓴圖（以上錄《西湖臥游圖題跋》一卷）

張京元文鈔

　　九里松

　　韜光菴

　　上天竺

　　斷橋

　　孤山

　　蘇堤

　　湖心亭

　　石屋

　　烟霞寺

　　法相寺

　　龍井（以上《湖上小記》）

倪元璐文鈔

　　敍謔菴悔謔抄

　　祁止祥稿序

　　敍蕭爾重盆園草（以上錄《鴻寶應本》）

下卷目次

三、兒童的文學
── 周作人在北京孔德學校講

今天所講兒童的文學，換一句話便是「小學裏的文學」。美國底斯喀特爾（H. E. Scudder）、麥克林託克（P. L. MacIlntock）諸人都有這樣名稱的書，說明文學在小學教育上的價值，他們以為兒童應該讀文學的作品，不可單讀些商人杜撰的讀本。讀了讀本，雖然說是識字了，卻不能讀書，因為沒有讀書的趣味。這話原是不錯，我也想用同一的標題，但是怕要誤會，以為是主張叫小學兒童讀高深的文學作品，所以改作今稱，表明這所謂文學，是單指「兒童的」文學。

以前的人對於兒童多不能正當理解，不是將他當作縮小的成人，拏「聖經賢傳」儘量的灌下去，便將他看作不完全的小人，說小孩懂得甚麼，一筆抹殺，不去理佢。近來才知道兒童在生理上，雖然和大人有點不同，但佢仍是完全的個人，有佢自己內

外兩面的生活。兒童期的二十幾年的生活，一面固然是成人生活底預備，但一面也自有程立的意義與價值；因為全生活祇是一個生長，我們不能指定哪一截的時期，是真正的生活。我以為順應自然的生活各期 —— 生長，成熟，老死，都是真正的生活。所以我們對於誤認兒童為縮小的成人的教法，固然完全反對，就是那不承認兒童底獨立生活的意見，我們也不以為然。那全然蔑視的不必說了，在詩歌裏鼓吹合羣，在故事裏提倡愛國，專為將來設想，不顧現在兒童生活底需要的辦法，也不免浪費了兒童底時間，缺損了兒童底生活 —— 即生命。我想兒童教育，是應當依佢內外兩面的生活的需要，適如其分的供給佢，使佢生活滿足豐富，至於因了這供給的材料與方法而發生的效果，那是當然有的副產物，不必是供給時的唯一目的物。換一話說，因為兒童生活上有文學底需要，我們供給佢，便利用這機會去得一種效果 —— 於兒童將來生活上有益的一種思想或習性，當作副產物，並不因為要得這效果，便不管兒童底需要如何，供給一種食料，強迫佢吞

下去。所以小學校裏的文學底教材與教授，第一須注意於「兒童的」這一點，其次才是效果，如讀書的趣味，智情與想象的修養等。

　　兒童生活上何以有文學底需要？這個問題，只要看文學底起源的情形，便可以明白。兒童哪裏有自己底文學？這個問題，只要看原始社會底文學的情形，便可以明白。照進化說講來，人類底個體發生，原來和系統發生底程序相同：胚胎時代經過生物進化底歷程，兒童時代又經過文明發達底歷程；所以兒童學（Pädologie）上的許多事項，可以借了人類學（Anthropologic）上的事項來作說明。文學底起源，本由於原人的對於自然的畏懼的好奇，憑了想象，構成一種感情思想，借了言語行動表現出來，總稱是歌舞，分起來是歌、賦與戲曲小說。兒童的精神生活本與原人相似，佢底文學是兒歌童話，內容形式不但多與原人的文學相同，而且有許多還是原始社會底遺物，常含有野蠻或荒唐的思想。兒童與原人底比較，兒童的文學與原始的文學底比較，現在已有定論，可以不必多說；我們所要注意的，

只是在於怎樣能夠適當的將「兒童的」文學供給與兒童。

近來有許多人對於兒童的文學，不免懷疑，因為他們覺得兒歌童話裏多有荒唐乖謬的思想，恐於兒童有害。這個疑懼本也不為無理，但我們有這兩種根據，可以解釋。

第一，我們承認兒童有獨立的生活，就是說佢們內面的生活與大人不同，我們應當客觀理解佢們，並加以相當的尊重。嬰兒不會吃飯，只能給佢乳吃；不會走路，只好抱佢；這是大家都知道的。精神上的情形，也正同這個一樣。兒童沒有一個不是拜物教的，佢相信草木能思想、貓狗能說話，正是當然的事；我們要糾正佢，說草木是植物、貓狗是動物，不會思想或說話，這事不但沒有甚麼益處，反是有害的，因為這樣使佢們底生活受了傷了。即使不說兒童的權利那些話，但不自然地阻遏了兒童底想像力，也就所失很大了。

第二，我們又知道兒童底生活，是轉地生長的。因為這一層，所以我們可以放膽供給兒童需要的歌

謠故事，不必愁彼有甚麼壞的影響，但因此我們又更須細心斟酌，不要使彼停滯，脫了正當的軌道。譬如嬰兒生了牙齒可以吃飯，腳力強了可以走路了，卻還是哺乳提抱，便將使佢底胃腸與腳底筋肉反變衰弱了。兒童相信貓狗能說話的時候，我們便同佢們講貓狗說話底故事，不但要使得佢們喜悅，也因為知道這過程是跳不過的 —— 然而又自然地會推移過去的，所以相當地對付了，等到兒童要知道貓狗是甚麼東西的時候到來，我們再可以將生物學底知識供給佢們。倘若不問兒童生活底轉變如何，只是始終同佢們講貓狗說話的事，那時這些荒唐乖謬的弊害才真要出來了。

據麥克林託克說，兒童的想像如被迫壓，佢將失了一切的興味，變成枯燥的唯物的人；但如被放縱，又將變成夢想家，佢底心力都不中用了。所以小學校裏的正當的文學教育，有三種作用：（一）順應滿足兒童之本能的興趣與趣味；（二）培養並指導那些趣味；（三）喚起以前沒有的新的興趣與趣味。這（一）便是我們所說的供給兒童文學的本意；（二）

與（三）是利用這機會去得一種效果。但怎樣才能恰當的辦到呢？依據兒童心理發達底程序與文學批評底標準，於教材選擇與教授方法上，加以注意，當然可以得到若干效果。教授方法的話可以不必多說了，現在只就教材選擇上，略略說明以備參考。

兒童學上的分期，大約分作四期，一嬰兒期（一至三歲）；二幼兒期（三至十）；三少年期（十至十五）；四青年期（十五至二十）。我們現在所說的是學校裏一年至六年的兒童，便是幼兒期及少年期的前半，至於七年以上所謂中學程度的兒童，這回不暇說及，當俟另外有機會再講了。

幼兒期普通又分作前、後兩期，三至六歲為前期，又稱幼稚園時期，六至十歲為後期，又稱初等小學時期。前期的兒童，心理的發達上最旺盛的是感覺作用，其他感情意志的發動也多以感覺為本，帶着衝動的性質。這時期的想像，也只是所動的，就聯想的及模仿的兩種，對於現實與虛幻，差不多沒有甚麼區別。到了後期，觀察與記憶作用逐漸發達，得了各種現實的經驗，想像作用也就受了限制，

須與現實不相衝突，才能容納；若表現上面，也變了主動的，就是所謂「構成的想像」了。少年期底前半大抵也是這樣，不過自我意識更為發達，關於社會道德等的觀念也漸明白了。

約略根據了這個程序，我們將各期底兒童的文學分配起來，大略如下：——

幼兒前期

（一）**詩歌**　這時期的詩歌，第一要注意的是聲調。最好是用現有的兒歌，如北京底〈水牛人〉、〈小耗子〉都可以用，就是那趁韻而成的如〈忽聽門外人咬狗〉，咒語一般的決擇歌如〈狸狸斑斑〉，只要音節有趣也是一樣可用的。因為幼兒唱歌只為好聽，內容意義不甚緊要，但是粗俗的歌詞也應該排斥，所以選擇詩歌不必積極地羅致名著，只須消極加以別擇便好了。古今詩裏有適宜的，當然可用；但特別新做的兒歌，我反不大贊成，因為這是極難的，難得成功的。

（二）**寓言**　寓言實在只是童話的一種，不過略

為簡短，又多含着教訓的意思，普通就稱作寓言。在幼兒教育上，彼底價值單在故事的內容，教訓實是可有可無；倘這意義是自明的，兒童自己能夠理會，原也很好，如借此去教修身的大道理，便不免謬了。這不但因為在這時期教了不能了解，且恐要養成曲解的癖，於將來頗有弊病。象徵的著作須得在少年期底後期（第六、七學年）去讀，才有益處。

（三）**童話**　童話也最好利用原有的材料，但現在的尚未有人收集，古書裏的須待修訂，沒有恰好的童話集可用。翻譯別國的東西，也是一法，只須稍加審擇便好。本來在童話裏，保存着原始的野蠻的思想制度，比別處更多。雖然我們說過兒童是小野蠻，喜歡荒唐乖謬的故事，本是當然，但有幾種也不能不注意：就是凡過於悲哀、苦痛、殘酷的，不宜採用。神怪的事只要不過恐怕的限度，總還無妨；因為將來理智發達，兒童自然會不再相信這些，若是過於悲哀或痛苦，便永遠在腦裏留下一個印象，不會消滅，於後來思想上很有影響；至於殘酷的害；更不用說了。

幼兒後期

（一）**詩歌**　這期間的詩歌，不只是形式重要，內容也很重要了；讀了固然要好聽，還要有意思，有趣味。兒歌也可應用，前期讀過的還可以重讀，前回聽彼底音，現在認彼底文字與意義，別有一種興趣。文學的作品倘有可採用的，極為適宜，但恐不很多。如選取新詩，須擇叶韻而聲調和諧的；但有詞調小曲調的不取，抽象描寫或講道理的也不取。兒童是最能創造而又最是保守的；佢們所喜歡的詩歌，恐怕還是五七言以前的聲調，所以普通的詩難得受佢們底賞鑑；將來的新詩人能夠超越時代，重新尋到自然的音節，那時真正的新的兒歌才能出現了。

（二）**童話**　小學底初年還可以用普通的童話，但是以後兒童辨別力漸強，對於現實與虛幻已經分出界限，所以童話裏的想像也不可太與現實分離；丹麥安兒爾然（Hans C. Andersen）作的童話集裏，有許多適用的材料。傳說也可以應用，但應當注意，

不可過量地鼓動崇拜英雄的心思，或助長粗暴殘酷的行為。中國小說裏的《西遊記》講神怪的事，卻與《封神傳》不同，也算純樸率真，有幾節可以當童話用。《今古奇觀》等書裏邊，也有可取的地方，不過須加以修訂才能適用罷了。

（三）**天然故事**　這是寓言的一個變相；以前讀寓言是為彼底故事，現在卻是為彼所講的動物生活。兒童在這時期，好奇心很是旺盛，又對於牧畜及園藝極熱心，所以給佢讀這些故事，隨後引到記述天然的著作，便很容易了。但中國這類著作非常缺少，不得不取材於譯書，如《萬物一覽》等書了。

少年期

（一）**詩歌**　淺近的文言可以應用，如唐代底樂府及古詩裏多有好的材料；中國缺少敍事的民歌（Ballad），只有〈孔雀東南飛〉等幾篇可以算得佳作，〈木蘭行〉便不大適用。這時期底兒童對於普通的兒歌，大抵已經沒有甚麼趣味了。

（二）**傳說**　傳說與童話相似，只是所記的是有

名英雄，雖然含有空想的分子，比較地近有現實。在自我意識，團體精神漸漸發達的時期，這類故事，頗為合宜；但容易引起不適當的英雄崇拜與愛國心，極須注意，最好採用各國底材料，使兒童知道人性裏共通的地方，可以免去許多偏見。奇異而有趣味的，或真切而合於人情的，都可採用；但講明太祖、拿破崙等的故事，還以不用為宜。

（三）**寫實的故事** 這與現代底寫實小說不同，單指多含現實分子的故事，如歐洲底魯濱孫（*Robinson Crusoe*）或堂克台（*Don Quixote*）而言。中國底所謂社會小說裏，也有可取的地方，如《儒林外史》及《老殘遊記》之類，紀事敘景都可，只不要有玩世的口氣，也不可有誇張或感傷的「雜劇的」氣味。《官場現形記》與《廣陵潮》沒有甚麼可取，便因為這個緣故。

（四）**寓言** 這時期的教寓言，可以注重在意義，助成兒童理智底發達。希臘及此外歐洲寓言作家的作品，都可選用；中國古文及佛經裏也有許多很好的譬喻。但寓言底教訓，多是從經驗出來，不

是憑理論的，所以儘有頑固或背謬的話，用時應當注意；又篇末大抵附有訓語，可以刪去，讓兒童自己去想，指定了反妨害佢們底活動了。滑稽故事此時也可以用，童話裏本有這一部類，不過用在此刻也偏重意義罷了。古書如《韓非子》等的裏邊，頗有可用的材料，大都是屬於理智的滑稽，就是所謂機智。感情的滑稽實例很少；世俗大多數的滑稽都是感覺的，沒有文學的價值了。

（五）**戲曲**　兒童的遊戲中本含有戲曲的原質，現在不過伸張綜合了，適應佢們底需要。在這裏邊，佢們能夠發揚模仿的及構成的想像作用，得到團體遊戲的快樂。這雖然是指實演而言，但誦讀也別有興趣；不過這類著作，中國一點都沒有，還須等人去研究創作。能將所讀的傳說去戲劇化，原是最好，卻又極難，所以也只好先從翻譯入手了。

以上約略就兒童的各期，分配應用的文學種類，還只是理論上的空談，須經過實驗，才能確實的編成一個詳表。以前所說多偏重「兒童的」，但關於「文學的」這一層，也不可將彼看輕；因為兒童所

需要的是文學，並不是商人杜撰的各種文章，所以選用的時候還應當注意文學的價值。所謂文學的，卻也並非要引了文學批評的條例，細細地推敲，只是說須有文學趣味罷了。文章單純、明瞭、勻整；思想真實、普遍：這條件便已完了。麥克林託克說，小學校裏的文學有兩種重要的作用：（一）表現具體的影象；（二）造成組織的全體；文學之所以能培養指導及喚起兒童底新的興趣與趣味，大抵富於這個作用。所以這兩條件，差不多就可以用作兒童文學底藝術上的標準了。

中國向來對於兒童，沒有正當的理解，又因為偏重文學，所以在文學中可以供兒童之用的，實在絕無僅有；但是民間口頭流傳的也還不少，古書中也有可用的材料，不過沒有人採集或修訂了，拏來應用。坊間有幾種唱歌和童話，卻多是不合條件，不適於用。我希望有熱心的人，結合一個小團體，起手研究，逐漸收集各地歌謠故事；修訂古書裏材料，翻譯外國底著作，編成幾部書，供家庭學校的用；一面又編成兒童用的小冊，用了優美的裝幀，

刊印出去，於兒童教育當有許多的功效。我以前因為漢字困難，怕這事不容易成效，現在有了注音字母，可以不必多愁了。但插畫一事，仍是為難。現今中國畫報上的插畫，幾乎沒有一張過得去的，要尋能夠為兒童書作插畫的，自然更不易得了，這真是一件可惜的事。

原載 1920 年第 12 卷第 10 期《民國日報・覺悟》

四、學問實用化
—— 二十二年一月四日在天津講

周作人　講

明基　記

　　講的題目是「學問實用化」。這題目包括的範圍似乎太大了，所以我祇借這題來講「初中至高中所學應如何應用」。

　　中學六年所學的功課已然不少，普通當然是為升學，可是除去升學以外，主要的是應該知道怎樣利用它。現在分開來講中學的功課：生物學，關於動植物許多人以為沒甚麼用處，但要看你如何應用；由生物學是可以了解人的進化和人與社會的關係的，譬如生物學所講人類身體組織以及人類日常生活等。在應用一方面確是不易，就是我的許多留學歐美的朋友也極少是能應用他們所學的學問，猶之現在一般物理、化學博士所學而非所用一樣。

明白生物學，從動物到人一直到植物是都可以了解的。

關於歷史，歷史是極有用的，它講人怎樣從古代社會演進到現代社會。普通人們有一種觀念，以為一切都是靜止的，但從歷史觀點來看，我們立刻就可以知道一切都是時時在變動和演進的，尤其對於現代社會要有充分了解，就不能不深深注意到過去的歷史。

關於數學，數學普通的用處，除去用以作為日常在家庭計算以外，最重要的是可以訓練人類的思想。有數學的訓練遇事就有一定的解決方法 —— 而且只有一個解決，猶如數學解題一樣。數學不是專為學理工科或升學的，乃是訓練人類思想的。

作為同樣是訓練人類思想的還有文法，譬如英文文法雖是頗為繁複，然而正是訓練人類思想的比較好的方法。一個鄉下人讀英文，和外人接觸或應用的機會雖少，他卻能有一些文法或論理學的訓練。英國名哲說：「文法是論理學的初步」，實際觀察，文法與論理學是出自同一系統的。中國學術思

想所以不能時時進步，說不定漢文文法單純就是其原因之一。──講到這裏，我想到了國文，不論在形式或內容這都是有意思的，但關於形式就是在大學裏講文字學也沒有如何注意。我相信從形式的文字中往往可以看出過去的社會和文化的變遷的，換言之，即可自文字研究歷史和文化以補歷史之不足。龜甲文和鐘鼎文是中國最古的文字──我們普通讀漢文以為難記，但從其來源探討也很有興趣。例如「父」作「夬」，表示一個人手裏執着火，即所謂父權起於火，可以知道火在原始社會是怎樣的重要。「奚」作𡘊，表示用鐵練拉着奴隸走，可以知道當時的奴隸社會。其次在英文的例子中如："Lord"原作 "Plaf ward" 即 "Loaf ward"，表示 "Lord" 最初是管麵包的人；"Husband" 原作 "House band"表示有房子住的人。關於這樣的例子多極了，因此從這一方面是可以幫助歷史，甚至能藉以了解古代社會的。

　　一般說來，中學六年所學已是夠我們利用；學問不可不利用，可是學理化只顧理化，學數學只顧

數學，那也不能算為完善的。

　　不能說是學術的演講，今天就止於此了。

原載 1934 年第 1 卷第 4-5 期《讀者月刊》

五、學問之用
—— 四月八日周作人先生講

今天周作人先生到我們校裏講演，我們覺得很光榮。周先生的大名，我想毋庸向大家介紹了。因為二、三年級的同學，去年曾經聽過一次周先生的講演。就是一年級的同學，我想也應該知道。周先生的文章，同學們差不多都讀過。在教科書中，在雜誌上，隨時可以看到周先生的作品。我們以前讀過他的文章，現在可以目睹周先生風采，並且親聆他的言論，這是非常愉快的一件事。今天周先生講的題目是「學問之用」，意思是我們所學的學問，應該怎麼去用它。今天周先生對本校全體同學演講，以後還有一次講演比較專門一些，是專對文學院同學講的。現在為了寶貴時間，即請周先生講演。（樊校長介紹詞）

諸位同學：

　　我這次到南京來，能夠有機會同各位見面，非常榮幸。本來講演不是我所能夠做的事，我在北方二十多年，很少到外邊去講演，去年到貴校來演講，我也曾說過我所以不講的理由有兩點：（一）我沒有甚麼專門的學問可講。我年青的時候在南京，那時是在儀鳳門內的江南水師學堂（即今海軍部地址）讀書。讀了六年，所以我本來是一個武人，並非是文人，我從前的老同學現在任職於南北軍界方面的很多，尤其是在海軍方面更來的多。至於談到學問方面，實在沒有可以容我開口的地方。（二）我在北方雖住了二十多年，可是北京官話還是說不好，我說起話來，北方人只能懂一半，不過到了南京來，這個理由似乎不能成立，因為我在南京念書的時候，全說的是藍青官話，當時大家還能聽得懂，所以現在就說藍青官話，想來還可以通融，因此為了言語的關係而不講話的理由就不充足了，不過第一個理由還是成立的。今天樊校長要我演講，我不能固辭，我的說話中，土話很多，但比在北方講我想大家或

許容易了解一點。

　　我同諸位談的是閒話，但儘管閒話，似乎也應有題目，今天的題目是「學問之用」，不過講起來，怕並不切題，所以題目也許就是一個題目而已。我在南京讀了六年書，所學的雖不是專門學問，但於我很有用處。謂「學問之用」並非一定是高深的學問。現在的新教育，大家總覺得越弄越糟，所學非所用，大學、中學的程度較前低落，學生畢業後不能貢獻於國家，這些也許是事實，不過現在我所說的學問，不能算是真正的學問，只能稱為知識，我以為中學裏的功課也很有用，以個人經驗而談，我幾十年來寫文章講話，都是以中學功課為基礎。中學出來升入大學，有的進文科有的進理科，做學生的往往以為以前所學的甚麼有用；甚麼無用，這就要看你怎樣去活用它。實在並不是如此，學問都是有用處的。現在的問題，所謂所學非所用，實在是你自己沒有好好兒去用它的原故。學問是死的東西，必須你自己想法去活用它才行。這是我個人特別感到的一點。我覺得中學的功課，大抵有兩種，

一種是作為將來研究高深學問的準備，另一種即是對於學的人的智識和能力的訓練。關於第一個理由很簡單，譬如預備學理科方面的，在中學裏就得先學起一部分來，如數學、物理、化學、微積分，這些都是初步的學問，初步學好了，然後可以進一步學高深的。學文科的在中學裏也有文科的基礎學問，有了文科基礎知識，才可以到大學裏去研究比較高深的學問，此理極易明瞭。我們現在要討論的，就是有些學生中學畢業後不進大學，或者是進了大學文科，那末在中學裏所學習的關於理科方面的基本知識，大家似乎覺得沒有用處了，其實還是有用處的。譬如講到數學，如幾何、三角、微積分等所有難題，可以訓練我們的頭腦，是一種解決問題的訓練，在數學上我們遇到了問題，便得想出一條解決的途徑來，循此途徑，才可以求出答案，這種方法，我們同樣可以用來解決個人問題、家庭問題，甚至社會問題。我以為祗要經過初中三年的數學訓練，便可養成一個很清晰的頭腦來。以後遇到了任何問題，便可運用數學的方法一步一步的去解

決它。平時有了數學的訓練，對於任何問題，都可一步一步順着步驟去解決它，如果平時沒有這種訓練，你缺少能力，便有無從下手之苦。此點，外國的學者也常常講到。還有各國的文法，我覺得如英文、日文文法的變化，有一定的次序，而中國文法則並無嚴密規定。文法的用處是訓練思想的工具。西洋人的文法，便是論理學的起首，特別是德、法文及希臘、拉丁文，非常麻煩，但我覺得這種麻煩的文法，倒是訓練我們思想的良好工具。中國寫文章，次序沒有一定，好的文章不是在於文法，而是文章寫的好，這實在是一個缺點。現在中學生都是學習英文文法，我覺得大學生應該學習德、法文，而大學文科的同學，更應該學習希臘、拉丁文。在古典文裏，拉丁文的動詞照理有一百〇八個變化，記起來很難、用處很大。而每句話裏，字字都有來源，字與字之間都很關聯，不能隨便。初中高中六年內讀了外國文，有極大的用處。中國文向來是籠統的，一方面是受科舉的流毒；一方面因為中國話不講文法。西洋人說話，句句都有文法，因為受論

理學的訓練。我覺得文法的訓練，除了本身的用處之外，對於中國人還有訓練思想的功用，向來學外國文的，總覺得外國文不能不懂，可是外國的文法太難，因此不大歡迎。在十多年前，我就說中國教育要改良，尤其中學教育，頂好學習德文，可以幫助頭腦的訓練。大學生學習拉丁文，除看書外，對於訓練思想，用處很大。

中學時代的理科，學生全部都學動植物，以後倘若進了大學，除非升入理科，要是升入文科，那末以前所學的全部放棄了。我以為中國思想的太紊亂，到了大學裏才糾正，已經完了。在中學裏最要緊的應該大家讀讀進化論，我以為人生觀，反正人人都有，總要彷彿有概念，然後各人的思想可定。學校的各種功課，自然是樂觀，使一般青年能夠對於各種事物有一個正確的認識。新的人生觀，即是以智識為基礎。各人的環境性情是不同的。因此對於人所在的宇宙，有悲觀，有樂觀，但如果在中學裏提出一部分智識來，就可以幫助你解決許多問題。我有一個朋友，他學物理的，也是理科的一種，

可是他把生物丟開了來講道，甚麼靜坐練氣，氣可由頭頂出去，我們照生理上講，頭頂上有頭蓋骨，氣怎樣可以鑽得出去？可是我們儘管這樣說，他還是深信不疑。關於這個問題，我以為祇要有初中的畢業知識已夠判別，但是我那位朋友明明有了智識卻不去用它，這真是一大損失！學生在學校裏讀了書，考起來頭頭是道，考完即算，不去用它，真是可嘆！我以為關於思想問題，到了大學已來不及，應該在中學裏就注意。中國的思想不能確定，這是一個大原因。生物如何變化而來，實在中學的智識已夠了，比如講到宇宙進化，當然中學不夠。還得這上面再去研究歷史和道德，然後可以造成正確的人生觀。中國教育辦了三十年。學生讀完了書，還是以舊思想做基礎，只知升官發財，因此這時要擔當事情，當然不夠，其實也不必另外去補救，只要能夠切實利用中學裏的智識即夠了。

此外，關於歷史方面，我在北方學校教了好幾年書，常聽到學生缺乏歷史智識，此是一個嚴重的問題，文科的學生對中國歷史朝代，都弄不清楚，

唐朝在宋朝以前還是以後有時也弄不清楚。王安石是何時人,對當時社會是好是壞,也分辨不出來,這實在是可笑的事。中學裏讀了六年書,進了大學還是不清楚,為中國前途設想,深覺可悲,抑亦可怕!讀歷史的人,對自己本國的歷史弄不清楚,讀理科的人,把迷信混在一起,這種種在此時,我更覺得是一件重大事情。現在中學教科書的材料夠不夠還不能說,大體說來是夠了。從前我在北京,常常與錢玄同先生談論(錢先生於民國廿八年逝世,至今已有四年)。他說:我們從前讀歷史,材料不多,僅僅看《綱鑑易知錄》,現在已享受不盡。我們對於國家的觀念,可說是由這些書中得來的。並且時常這樣講,大學教科書亂而無系統,在中學裏面本國文、日本文、數學、生物,有重大地位。當然需要參考書來補充,僅僅教科書是夠的。教科書材料不充足,是一個理由,不能活用也是一個理由。

　　無論哪一種學問都是必要的。現在缺乏的是材料的問題,教的方面也有問題。中國文字很好,我雖是門外漢,但是也覺得有趣味。中國文字是世

界上特別的，英、美各國對啓蒙的學生有一種小叢書的發行，中國卻沒有。以後中國也應有此種叢書的發行，比如英文它有它的歷史，英文怎麼會變到現在這種樣子，他們都有說明。譬如在 English Language 裏邊對於在 Bacon 時期添了甚麼字，在 Shakespeare 時期添了些甚麼字、進化論、神學。添了甚麼字，都有記載。中國文字如果把它用歷史的筆法來敍述，也很有趣。

嚴幾道先生說：中國文字在一方面用處很大，我從前看到《貞松老人遺稿》，由一個字變出許多意義。自從龜甲文字發現以後，又增多了許多文字出來。王筠（菉友）著的《文字蒙求》是根據《說文》做的，在龜甲文字未發現的時候，現在倘若從新做一部書，那末是世界上最富有興趣的了。現在中國國文材料不夠，有大可發展之處。綜合起來說，中學功課時間的如何分配，和課程內容的審定，這是教育上的專門問題。不過我們總說一句：幾何、三角、物理、化學、天文、地理、歷史、國文，都很重要。現在的問題就是怎樣去活用它。中學教育最大的缺

點就是沒有把各科打通，好比藥舖裏的許多抽屜，這邊新的抽屜裝的是物理、化學、生物、那邊舊的抽屜裝的狐狸精，新舊並有，各不相干。應該新舊打成一起，整理一下，不要混在一起。新的全新，舊的全舊。不要一個頭腦裏有了兩種作用，這是一個重大問題。

再講大學教育，據我想：無論甚麼學問，沒有用的東西很少。古代學者，特別是古代希臘人，他們研究學問是為學問而學問，發明幾何的幼克利有段故事：有個貴族學生學幾何，他問先生學幾何有甚麼用處？學生問先生這句話的用意，是挖苦先生。幼克利就用：「你聽着，拿個銅元去」，這句話來譏諷他。幾何實際是一切學問的基礎，物理學上著名的發明家亞奇密得，他在洗澡時發見各種定律，當羅馬兵已經追來，他還說着不要弄壞我的圖樣，後來被羅馬兵殺死。他完全為學問而學問，甚麼都不管。他是物理學的祖師。一個人研究學問，不必求有用，當時應該要有犧牲生命的精神，方可得到一個非常有價值的結果。中國大學也應有此

精神。唐朝以後的考試，明清的科舉，使中國學問無形中停頓，我們應該要有希臘科學祖師的求用態度，才可使學術發皇起來。

日本數理研究家林鶴一，他是東北帝國大學的數理教授。他買了許多中國數學書，他說中國數學最發達，在六朝、唐朝稍有停頓，五代到元朝特別發達。唐時大家專做詩，亂世時候讀書人沒有出路，專門研究學問，所以成績特別好。幾年來，我們所受苦痛很深，中國學術要復興，此其時矣。學問總是有用，我們所學的不求現在有用，應該為學術而研究，結果用處更大。至於自然科學，我不懂，不便多述。關於文化方面，附帶講一講。十年前，我在北京大學，大概二十週年紀念吧，我記不清楚了。我曾經講過，我說大學有一條正路，也有一條支路。正路是普通科目，分路是特別科目。情形特別時代，要弄此時此地應特別注意的一種學問。好像鐵路有幹路，也有支路。這個不限於北京大學，其他大學也是一樣的。中國要弄學問，應該從幾方面去弄。弄西洋文，大抵限於現代。我們知道弄理、農、工、

醫、古時無用，這不過是物質文明。講到精神文明，決不能以現在為標準。廿世紀的物質文明，是十九世紀工業革命以後起來的。實際上西洋文明，早在十九世紀以前，它有源流。工業革命以前，有文藝復興，而文藝復興亦有它的源流。我們研究理、農、工、醫的，固然可以不必注意到以前，但如要了解西洋真的文明，那末對於希臘羅馬的研究是絕對不可缺少的。大家知道，歐洲近代的文明，是潛水艇、飛機，但如果追溯它的源流，就不能不歸根到古代希臘和羅馬的文化。二十世紀西洋的文明固然與中國不同，但在古代中國與希臘的古代，說不定有許多相同的地方。我們要研究東方文明，或是西方文明，對於東西兩方面學術源流，卻應該加以研究的。第二，印度同中國有直接關係，印度的哲學、佛教，與中國的關係很深。還有一部是阿拉伯方面的，我們大家曉得，中國是五族共和，但學術界大抵沒落。對於其他各族的歷史文化，很少注意。北京大學曾經添設蒙古文、滿洲文，後來因故停辦。中國向來的態度是等人家來朝貢，自己不須要對人

家說。至於阿拉伯文，就我們中國而講，比希臘文更重要。因為在中國國內至今留有一大部分回教民族，所以研究阿拉伯文非但必要，而且十分逼切。這是文學院同學應有的一種義務。第四，向日本方面去研究，我們要研究日本文，應該為了一種政治上交流作用，在現在似乎更不必多說。如果純粹為了研究自己國家的文化起見，對於日本文學也非要研究不可。因為有些自己沒有的而人家還保存在那裏。我們看書寫文章寫信，常常用到「久違塵教」，這句話在中國祗有塵尾兩個字，東西是看不見了，而在日本至今還保留着。可是我們大家不知道，還有唐朝時日本有和尚到中國，住在紹興城內的一個廟宇裏，後來他要到潼關去，當時過關也須要旅行證，那時旅行證另外有個名稱，叫做「過所」。在過所上面，註着某年某月某日，這個東西被他帶回到日本去，一直保存至今。中國人向來不知道，現在經日本把他仿印出來，大家才知道。那過所上面所寫的字，與現在的公文格式不同，很隨便的不大整齊。寫字後用印，與現在日本印相同。現在中國的

官印，是宋朝以後的。日本文部省的官印，就是用唐朝時的刻法。現在日本的公文不拘形式，也是仿照唐朝時的公文形式。如此可以知道，日本替我們保存過去的文化，實在不少，要研究中國文學，日本文學是應該研究的。

　　我所可說的，大抵如此，沒有中心。想到中學的智識，勉強叫它做學問，我們對於中學的智識要能活用，我們把中學智識做基礎，來造成個人的人生觀。根據了這一點，再做一番專門的研究。我們對於各種學問，不能說這一種有用，那一種沒有用處。實際既然稱為學問，都有用處。我們研究學問，要以不求實用為目的的一種態度去努力。如果以實用為目的，那末所得的結果一定很少。只要認定一個目標，中間有沒有用處不去管。總之，學問決不是沒有用處的。現在不管有用無用，社會上不時在變動，我們應該為國家文化前途着想，不要僅僅為個人目前的利害着想。我以為一個人的力量並不薄弱，勉力去做，也可以對國家有貢獻。研究學問，要博要深，單研究國文是不行的，單研究一種外國

文也是不行的，必須對英、法、德文都加以研究。外國文懂得愈多愈好，許多研究國文的，往往對於理科方面以為可以不必去研究，其實也不對的。研究文科的，也應該對理科有一點基礎的智識，雖非專門，也應涉獵。有許多學問，看來似乎不相干，可是到應用時也非常有用。據我個人的經驗，我本來不是弄文學的，民國六年到北京大學擔任歐洲文學史及希臘文學等功課，因沒有準備，急來抱佛腳，參考各種書籍，後來因為覺得自誤誤人，是不應該的，於是不願再繼續教下去。在這幾年的功夫，我很覺得對不起當時的一般同學。不過，雖然自己亂七八糟的教，可是對自己也有好處。後來我教國文，把各方面的材料來編講義，倒覺得很有幫助。

現在亂世，以歷史眼光來看，應該是學問發達的時期。在亂世時期，個人要多負擔一點辛苦。我覺得太平時不妨懶惰，不過在亂世各人要擔負一點責任，天下太平，有能力的人很多，由他們多分擔一點責任。現在亂世，擔負責任的人減少了，因此大家應多負點責任，多辛苦一點。

在學校時代，固然大家沒有擔當國事的責任，但對於求學方面也得比太平時多吃一點辛苦，多勤勞一點。只要渡過難關，到了天下太平時，大家就不妨馬虎點，尤其是我，素性疏懶，也想希望回復過去的偷懶。今天所講的，不過是隨便談談，費了各位寶貴的時光，請各位多多原諒。

原載 1943 年 4 月 27 日《國立中央大學週刊》

六、人的文學之根源
── 四月十二日周作人先生講演

芮琴和　張月娥　黃圭彬　陳繼生 記

各位同學：

今天我在這裏演講，覺得很光榮，但也極不適當。因為我原來不是學文學的，不過歡喜看一點文學書籍，隨便談談講講，實在不成為學術的研究。此次從蘇州回來，打捣江門進城，路邊[1]現在海軍部，它便是我三十年前遊息的地方水師學堂的原址，所以我實在是一個武人。後來由日本回來，做了教師，教一些國文，實在教國文並不能算是研究文學。古人說班門弄斧，今天來這裏講文學，實在是很可笑的，簡直是班門弄斧了。我平常時以為中國政治道德和文學上有兩大思想，互為消長，在廿

1　編者按，原文如此。

年前的《新青年》雜誌上，曾發表一篇〈人的文學〉。這當然是少年氣甚，胡說八道，但在現在看來，裏面所說的話，加了廿餘年歷史事實的證明，覺得還有適宜的地方，今天所要講的「人的文學之根源」，大體和那篇文章相同，可以參看。（〈人的文學〉收入《生活與藝術》，中華書局出版。）

中國的政治和文學，向來有正統派的意見，但明代李卓吾，清代的俞理初諸人，往往言論不同於流俗，因此一般正統派認為是怪論，在那裏惑世誣民，據我想來，亦未必然。我的意見，這便是我以前所謂兩大思想，一派的出發點是人民，一派的出發點是君主，在文學表現上亦然，譬如在辛亥革命以前，大家翻印黃黎洲的《明夷待訪錄》，該書中〈原君篇〉云：

　　古者以天下為主，君為客，凡君之所畢世而經營者，為天下也。今也以君為主，天下為客，凡天下之無地而得安寧者為君也。

這可以說是一篇人的文學的根本原理。又如〈原臣篇〉中云：

> 天下之大，非一人之所能治，而分治之以羣工。故我之出而仕也，為天下，非為君也；為萬民，非為一姓也。

在明末清初，有這種言論，真可說是怪論，令人駭異，但在民主政體的今日，這種主張，也是平易不過的。《待訪錄》中〈置相篇〉云：

> 孟子曰：天子一位，公一位，侯一位，伯一位，子、男同一位，凡五等。君一位，卿一位，大夫一位，上士一位，中士一位，下士一位，凡六等。蓋自外而言之，天子之去公，猶公、侯、伯、子、男之遞相去。自內而言之，君之去卿，猶卿大夫士之遞相去，非獨至天子，遂截然無等級也。

黎洲的意思，天子的階級，並不是至高無上，

不過也是官階之一，列在公侯之上而已。他的任務，是公卿一樣，處理國家政務，並不能大權獨攬，暴虐恣睢的任意奴視人民。

以上幾節的文字，說得已很明瞭，但黎洲是近代人，我們再從古代經書裏面，也可找出同樣的言論，重要的還是在《孟子》裏面，〈盡心〉下云：

> 民為貴，社稷次之，君為輕。是故，得乎丘民而為天子，得乎天子為諸侯，得乎諸侯為大夫。諸侯危社稷，則變置。犧牲既成，粢盛既潔，祭祀以時，然而旱乾水溢，則變置社稷。

這幾句話，說得痛快極了。天子之所以為天子，是人民叫他擔任的，若是不盡職，可以不要他，所以謂之社稷次之，而民為貴。孟子為了這幾句話，在文廟裏的地位，時時站不牢，可是誰能說這幾句話的不合理呢？

當時為人民而擔任國家職務，確是很辛苦的，真是今代所謂「公僕」。《孟子·離婁下》云：

禹、稷當平世，三過其門而不入，孔子賢之。顏子當亂世，居於陋巷，一簞食，一瓢飲，人不堪其憂，顏子不改其樂，孔子賢之。孟子曰，禹稷顏回同道。禹思天下有溺者，由己溺之也，稷思天下有飢者，由己飢之也，是以如是其急也。禹、稷顏子，易地則皆然。

　　相傳大禹治水，在外若干年，三過家門而不入，面目黧黑，胼手胝足，辛苦極了。道家在作法時，有所謂「禹步」，我少年時也曾研究仿傚過，是一種蹣跚難行的姿態，這種姿態，足以證明禹的胼手胝足的情狀了。顏淵雖貧而不改其樂，便是深幸沒有出來負擔治理國家的重任，因為雖貴為天子，其實還不如簞食瓢飲之可樂。於此可見古代人的負責任，和天子的不易為了，〈萬章上〉說伊尹云：

　　　　思天下之民，匹夫匹婦，有不被堯、舜之澤者，若己推而內之溝中，其自任以天下之重如此。

此外像〈萬章上〉之說天下之民謳歌舜、禹,〈梁惠王上〉、〈盡心上〉之敘五畝之宅等辦法,〈離婁下〉之說君之視臣如土芥,則臣視君如寇讎,也都是說明為君責任之重,替人民生活設法的注意,和君臣地位的相對,決不如後世之如天壤的懸隔。也可以說即是黃黎洲主張的根源。孔子說過君君,臣臣,他的意思是說君有君的責任,要做像君的樣子,與臣有臣的責任,要做像臣的樣子,君和臣是對的。後世的「天王聖明,臣罪當誅」言論,孔子是沒有說過的。古史上有許由、務光之儔,不願意做天子,甚至不願聽到天子一類的話,還有舜、禹之受禪情事,有些人以為是不足信的,但古文的紀載,一定有其根究,我們不妨再事研究。又關於湯之禱雨事,據《太平御覽》卷八三引《帝王世紀》云:

　　　　湯自代桀後,大旱七年,洛川竭。湯曰:吾所以為請雨者民也,若必以人禱,吾請自當。遂齋戒,剪髮斷爪,以己為牲,禱於桑林之社。

商湯的自願為犧牲，或者以為是愚民政策，僅剪髮爪，以表示自當，其實幸而禱於桑林而雨，若是仍舊沒有雨，一定依照人禱的方法去處置的。古代君王，與野蠻酋長一樣，負有變理陰陽的責任，如水災旱災，調整無功，往往有為犧牲之虞，近代逢到久旱不雨，還有晒城隍神的舉動，因為城隍神也有保障地方治安的責任的，自古代到清朝，每逢天旱不雨，地方官如知縣等，齋戒沐浴，率眾禱雨，若是雨還不下，便自認是治蹟不好，或者是誠心未孚天心，自咎自艾，還有積薪築壇，自臥壇上，晒在烈日中，訂定舉火之期，若到期不雨，竟有自焚不悔的。這樣情事，似乎是迷信，其實便是官吏對人民負責的表示，也是古代君主工作勞苦的遺跡。據說古代君主的起居飲食，都受拘束，如坐高座足不着地之類。我們看月令中對於天子的衣的顏色、食的種類，有種種不近人情的規定，可想見做君王的苦處了。

我的朋友江紹原先生，他研究各國各地的古代近代風俗習慣情形，有許多有趣的材料，他說古代

做酋長是很苦的，他須努力於全部落的民生改善，或者還要住在高處擔任守望的工作等等，所以有些地方，老的酋長死了，找人遞補，有候補資格的人不願意，往往逃至深山，有時竟至拒捕。這些零碎的記述，雖然都出在非、澳各洲，卻頗可幫助我們證明古史中紀載的事實的可能，即使時代與人物，未必便那麼可以明確認定。

中國有文字紀錄的時候，大概這樣的時代早已過去，君權已漸漸地確立，但其時的思想，當如〈洪範〉所說：「唯辟作福，唯辟作威，唯辟玉食」，而許由、務光的事，成為傳說流傳下來，一般思想家，如孟子，如王安石，如李卓吾，以至黃黎洲、俞理初等，也就由此傳說成為理論，一般人以為怪論，但是現在民主時代，大家覺得這種思想，亦極平凡，不成其為怪論了。

至於為君主的主張，則為君權時代的正統思想，千百年來，說得冠冕堂皇，但君主對天下人民和臣工的態度，正如《明夷待訪錄‧原君篇》中所說的：

後之為人君者，以為天下利害之權，皆出於我，我以天下之利盡歸於己，以天下之害，盡歸於人，亦無不可。使天下之人，不敢自私，不敢自利，以我之大私為天下之公。始而慚焉，久而安焉，視天下為莫大之產業，傳之子孫，受享無窮，漢高帝所謂：基業所就，孰與仲多者，其逐利之情，不覺溢之於辭矣。

　　漢高祖的視平天下，猶之得產業，預備為自己和子孫的享用，這種君主自私心理的形成，起於有史以來，大概到秦以後，事實上越得到許多證明。到了宋元，尤加以理論的根據，為臣子的，正如黎洲〈原臣篇〉所說的那個樣子了。〈原臣篇〉云：

　　　世之為臣者，以為臣為君而設者也，君分吾以天下而後治之，君授吾以人民而後牧之，現天下人民為人君囊中之私物。今以四方之勞擾，民生之憔悴，足以危吾民也，不得不講治之牧之之術。苟無係於社稷之存亡，則四方之勞擾，民生之憔悴，

雖有誠臣，亦以為纖芥之疾也。

這個批評，很為透徹，但君權事實上直到清末，方才打倒，其實到現在還未清算，形之於文學，也是這樣。但是向民間方面去看看，民眾雖然畏懼皇帝的威力，思想裏卻並不以為皇帝一定是好，他們理想的皇帝，是治水的大禹，養老的西伯，是能給予他們以生活的安定的。民眾所期待的真命天子，實在即是孟子所說的天與之人與之的為人民治事的君主。並不如讀書人心目中的皇帝，給他官做，給他飯吃，具有無上的威力，不能不屈身以阿諛的。

這樣看來，為君主的思想，乃是後起，雖然支持了很久的時間，但其根柢遠不及為人民為天下的思想之深長。自民國以後，這最古老的固有思想，也就成為最適宜合理之新思想了，也成為大眾都知的平凡道理了。

以上所說，都是泛論一般政治上的現象，現在再就文學方面來看一看，究竟哪一種的思想，所佔勢力為大？據理來推測，為君主的主張，既在實際

上佔着勢力很大很久，應當各方面都有很大的表現，至少也有相當的根基，實際上卻未必如此，即以詩歌為例，雖然我是不懂得詩的，但據我淺陋的知識說來，大約只有〈離騷〉一篇，可以說是真是這種為君的思想的文字，此外就很難能找到了。其實這是無足怪的，然為屈原的史實，據《史記》說是楚的同姓，別的詩人憂生憫亂，感懷身世，屈原則國事亦就是家事，所以那麼特別的迫切。可是我們研究一下，〈離騷〉的文學價值，就是思君這一點上嗎？劉彥和《文心雕龍》上說得好：「敘情怨則鬱伊而易感，述離居則愴怏而難懷，論山水則循聲而得貌，言節候則披文而見時。枚賈追風而入麗，馬揚沿波而得奇，其衣被詞人，非一代也。」語雖簡略，卻能得其概要。我們回過頭去看《詩經》，差不多也可以這樣說。現在且依據小序去看，〈大雅〉與〈頌〉，本來是以政事祭祀為主的篇什，但以文學論則不佔重要的位置，正如後來的〈郊祀歌〉等一樣。〈國風〉好色而不淫，〈小雅〉怨誹而不亂，這是很好的詩，但其中也有差別。據本文或序語看出確有本

事的若干篇中，往往是美少而刺多，詩人的本意，也只是憂國為主而非思君。至於後世傳誦，很有影響的詩篇，則又大都憂生憫亂的悲哀之作。還有一部分是抒情敍景的。隨便舉一些例子，前者有〈黍離〉、〈兔爰〉、〈山有樞〉、〈中谷有蓷〉、〈谷風〉、〈氓〉、〈卷耳〉、〈燕燕〉等，後者如〈七月〉、〈東山〉、〈野有死麕〉、〈靜女〉、〈綢繆束薪〉、〈溱洧〉、〈風雨〉、〈蒹葭〉等篇，諸君不妨把最通行的朱熹註《詩經》一看，便可以明白，雖然朱註是另有其立場的。

　　關於古今體詩，不能廣泛的去查考，只好用一、二選本來看看，最通行的如王漁洋的《古詩選》，有聞人倓的《箋註》，張琦的《古詩錄》，都可應用。古詩十九首，有好些評家，都以為是逐臣或失志之士所作，這個我們實在看不出來，恐怕大家都有此感想吧！阮嗣宗的詠懷詩五十首，以及陶淵明大部分的詩，平常都以為憂國憂民，照例是被歸入正統派一類的，但我們可以肯定的說，他們誠然是憂的，但所憂的乃是魏晉之末的人民的運命，不是只為姓曹、姓司馬氏的一家的興亡，這個意思，要請諸位注意。

我們再看唐詩，以杜少陵為例。唐代詩人極多，我們無法一一談到，好在杜少陵可以為代表，因為他每飯不忘君，是最著名的愛國詩人。他有許多有名的古詩，都是早年之作。據我看來，如〈詠懷〉、〈北征〉諸詩，確如蘇東坡所云，可以見其忠義之氣。但如說其詩的價值，全都在於這裏，那有如說茶只是熱的好，事實當然未必如此。老杜這類詩的好處，恰如他自己所說：「憂端齊終南，澒洞不可掇。」此外如〈哀江頭〉、〈哀王孫〉、〈新安石壕二吏〉、〈新婚〉、〈垂老〉、〈無家別〉、〈悲陳陶〉、〈兵車行〉、〈前後出塞〉、〈彭衙行〉、〈羌村三首〉、〈春望〉、〈月夜憶舍弟〉、〈登岳陽樓〉，這些詩篇，雖然未能泣鬼神，卻確有驚心動魄之力。此全出於慈愛之情，更不分為己為人，可謂盡文藝的極致。「世亂遭飄蕩，生還偶然遂」，我們現在讀了，還深深地感到一種悵惘！我不懂得詩，尤其不敢講杜少陵的詩，只是請他來幫我證明一下，為君主的思想怎樣的做不成好詩，結果倒是翻過來，好詩多是憂生憫亂的。這就是為人民為天下的思想的產物。這也

就可以說是中國本來的文學思想的系統，自《詩經》以至杜少陵是如此，以後也是如此，可以一直把民國以來的新文學也算在裏面。新文學雖是受歐美的種種刺激，但好比是西菜，西菜吃下去，也可變成養分，可以適合中國人的身體了。在散文方面，我沒有引例子，因為這事情太是繁重。一時來不及着手，但在散文裏，似乎為君主的思想，較佔有勢力，因為臣罪當誅、天王聖明這一類的話，用在詩中，難免觸目，在散文中便用得慣了，便更肉麻些也還不妨，所以情形自然和詩歌為兩樣。但是我相信，這種為君主的思想，本是後起的，雖因了時代的關係，一時間中大佔勢力，在文化表面上很是蔓延，但凡是真正好的文學作品，都不是屬於這一路的。現在又因了時代的變更，很明顯的已失去其勢力，那麼復興的應該是那一切為人民為天下的思想，不但這是中國人固有的思想，也就是中國文學的固有基調。這裏的例證與說明，或者不甚充足，有待於將來的補訂，但我想這兩種思想的交代，總是無疑的事實，而且此與普通思潮之流行變化不同，乃是

與民族的政治文化的運動密切相關，請諸位從事於文學工作的人，加以注意。

　　今天我所說的很簡單、不充分，但自信所見尚不差，請大家研究研究，最後還有一點蛇足的說明，以上只是我個人對於中國文學思想之一種觀察，應用的範圍自然以中國為限。有許多學問是世界性的，譬如自然科學，他的定理世間只有一個，假如有了兩個，其中之一必將被證明為假。人文方面則不然，各國各民族，其歷史環境上，都不相同，所以不能以為中國文化可以包括全世界，也不能把中國的文化發展，遷就與外國相一致。所以我以為講中國文化，一方面固然要虛心接受各方面，但也須時時顧到本國的文化，不要以為能與別國一樣是我們的目的，須知孔子與陽貨，面貌雖相同，思想則絕不相同的，這是要請諸位博大精思的研究的。

原載 1943 年 5 月 3 日《國立中央大學週刊》

作者簡介

周作人（1885-1967）

　　周作人原名槐壽，入讀江南水師學堂時改名作人，字起孟、豈明等，號苦雨齋主人。浙江紹興人，中國近代著名文學家。江南水師學堂管理班卒業。1906 年清政府選派至日本留學，先入法政大學，後入立教大學文科。1911 年回國。1912 年任浙江省教育司視學。後為省立第四中學教員。1917 年任北京大學文科教授。後在燕京大學任教。與兄魯迅（1881-1936）等組織文學研究會。周作人是散文大家，精通日語和日本文化，專研《古事記》，同時對民俗學、希臘神話有很深的認識。中日戰爭爆發後，周作人附日，任北京大學圖書館長、文學院長，後任教育督辦。和平後以通敵論罪，判入南京老虎橋監獄。解放後仍時有翻譯和文章發表。1967 年逝世。重要著作有《自己的園地》、《雨天的書》等。